TROCA DE MENSAGENS ENTRE SHERLOCK & WATSON

E OUTRAS CONVERSAS DOS NOSSOS PERSONAGENS FAVORITOS DA LITERATURA

MALLORY ORTBERG

Troca de Mensagens entre Sherlock & Watson

E OUTRAS CONVERSAS DOS NOSSOS PERSONAGENS FAVORITOS DA LITERATURA

Tradução de Raquel Zampil

2ª edição

EDITORA RECORD
RIO DE JANEIRO • SÃO PAULO

2016

CIP-BRASIL. CATALOGAÇÃO NA PUBLICAÇÃO
SINDICATO NACIONAL DOS EDITORES DE LIVROS, RJ

O88t
2.ed.

Ortberg, Mallory, 1986-
   Troca de mensagens entre Sherlock & Watson e outras conversas dos nossos personagens favoritos da literatura / Mallory Ortberg; ilustração de Madeline Gobbo; tradução de Raquel Zampil. – 2. ed. – Rio de Janeiro: Record, 2016.
   240 p.: il.; 21 cm.

   Tradução de: Texts from Jane Eyre and Other Conversations with Your Favorite Literary Characters
   ISBN 978-85-01-10653-7

   1. Literatura americana - Personagens. 2. Literatura americana - Humor sátira, etc. I. Gobbo, Madeline. II. Zampil, Raquel. III. Título.

15-25852
CDD: 813
CDU: 821.111(73)-3

Título original: TEXTS FROM JANE EYRE AND OTHER CONVERSATIONS WITH YOUR FAVORITE LITERARY CHARACTERS

Copyright © 2014 by Mallory Ortberg

Publicado mediante acordo com Henry Holt and Company, LLC, Nova York.

Texto revisado segundo o novo Acordo Ortográfico da Língua Portuguesa.

Todos os direitos reservados. Proibida a reprodução, no todo ou em parte, através de quaisquer meios. Os direitos morais da autora foram assegurados.

Design de capa e composição de miolo: Renata Vidal
Ilustração de celular na capa adaptado de Freepik.com
Ilustrações nas páginas 9, 27, 55, 96, 117, 126, 129, 185, 228, 229 Copyright © 2014 Madeline Gobbo
Projeto gráfico original de miolo: Meryl Sussman Levavi

Direitos exclusivos de publicação em língua portuguesa somente para o Brasil adquiridos pela
EDITORA RECORD LTDA.
Rua Argentina, 171 – Rio de Janeiro, RJ – 20921-380 – Tel.: 2585-2000, que se reserva a propriedade literária desta tradução.

Impresso no Brasil

ISBN 978-85-01-10653-7

Seja um leitor preferencial Record.
Cadastre-se no site www.record.com.br e receba informações sobre nossos lançamentos e nossas promoções.

Atendimento e venda direta ao leitor:
mdireto@record.com.br ou (21) 2585-2002.

EDITORA AFILIADA

Sumário

Parte I

Medeia 11

Gilgamesh 14

Aquiles 16

Dido 19

Platão 20

Circe 22

Medeia, Parte II 25

Rei Midas 27

A Mulher de Bath 28

William Blake 29

Rei Lear 33

John Donne 38

Hamlet 40

Dom Quixote 42

Hamlet, Parte II 44

René Descartes 45

William Wordsworth 47

Hamlet, Parte III 49

Samuel Taylor Coleridge 51

Hamlet, Parte IV 53

Parte II

Jane Eyre   57

Sherlock Holmes   60

Emily Dickinson   63

Oliver Twist   69

Lord Byron   71

John Keats   75

Emma   78

Orgulho e Preconceito   81

Moby Dick   87

Grandes Esperanças   94

E o Vento Levou   98

Edgar Allan Poe   103

A Ilha do Tesouro   110

E o Vento Levou, Parte II   114

Parte III

"O Papel de Parede Amarelo"   119

O Morro dos Ventos Uivantes   124

Mulherzinhas   130

Hamlet, Parte V   139

Henry David Thoreau   140

Daisy Miller   144

A Ilha do Dr. Moreau   146

Daisy Miller, Parte II   147

Os Miseráveis   149

Um Conto de Duas Cidades   155

Rudyard Kipling   156

Daisy Miller, Parte III   157

Daisy Miller, Parte IV   158

O Sol Também se Levanta   159

Agatha Christie   162

O Grande Gatsby   163

Daisy Miller, Parte V   165

J. Alfred Prufrock   166

Virginia Woolf   172

William Faulkner   173

Daisy Miller, Parte VI   176

Peter Pan   178

O Grande Gatsby, Parte II   182

Parte IV

Sweet Valley High   187

Vidas Sem Rumo: The Outsiders   191

A série The American Girl   195

O Clube das Babás   200

Nancy Drew   204

A Revolta de Atlas   208

Clube da Luta   213

O Lorax   218

Rebecca   222

Cormac McCarthy   225

Jogos Vorazes   228

William Carlos Williams   231

Harry Potter   234

O Pequeno Príncipe   237

Medeia

oiiiiiii

oi quem é?

você é Glaucia, não é??
esse é um nome tão bonito
sou louca pelo seu nome
"Jasão e Glaucia" combinam tanto

obrigada
quem é?

quando é o CASAMENTO?
espero que vocês convidem os argonautas para padrinhos
e que eles façam aquela coisa da espada
sabe quando eles formam um telhadinho com as espadas
e você corre debaixo delas
é tão bonitinho
ai meu deus o que estou dizendo
vocês provavelmente já têm um milhão de planos, é o seu casamento
é que essa foi minha parte favorita do meu casamento
(tirando o fato de eu estar casando com Jasão!!!)
(é tão divertido estar casada com ele)
(diga oi a ele por mim!!!)

MEDEIA

> desculpe mas quem é?

> Já sei que começamos com o pé esquerdo é Medeia!! salve meu número ok?

> ah
> oi

> mas eu queria que você soubesse
> que não guardo o menor rancor
> meus sentimentos em relação a você são
> muito tranquilos
> e tão normais
> apenas sentimentos tranquilos e normais
> que você vai amar

> ok

> de qualquer forma pra MOSTRAR A VOCÊ o quanto meus sentimentos são bons
> comprei um presente de casamento pra vocês!!!
> sei que não é muito "tradicional" a ex comprar um presente pra nova
> (principalmente quando ela ainda está tecnicamente casada com Jasão)
> (diga oi a ele por mim!!!)
> maaaas não pude evitar

MEDEIA

> ah! você deve estar se referindo à caixa que chegou na quinta

ssssim É ESSA MESMO

> é um vestido

é um vestido de noiva

> obrigada
> mas eu já escolhi meu vestido de noiva
> de qualquer forma é muita gentileza sua

mas sabe o que você devia fazer?
devia experimentá-lo
devia colocá-lo sobre a pele e usá-lo só por um minuto
(mas tem de ter contato com a pele)

Gilgamesh

> vem comigo Gilgamesh
> vem ser meu marido
> a mim conceda sua luxúria
> prepararei pra você uma carruagem de
> lápis-lazúli com rodas de ouro
> vem ser meu marido e eu serei sua mulher

> ah uau
> Ishtar
> isso é tão lisonjeiro
> estou tão lisonjeado

> o povo Lulubi lhe trará como tributo
> produtos das montanhas
> sua cabra terá trigêmeos

> é uma oferta muito tentadora

> sua ovelha gêmeos
> seu burro será mais rápido que a mula

> eu simplesmente
> adoraria
> mas uma pergunta super-rapidinha
> como vai o seu namorado Tammuz?
> ele ainda está
> preso no Mundo Inferior?

> não sei do que você está falando

GILGAMESH

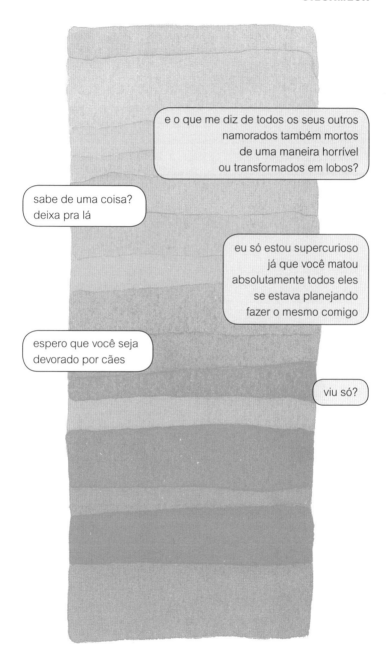

Aquiles

> Aquiles?
> Ei garoto? Aquiles?
> Ei amigo você está aí?
> ei campeão sei que está aí
> estou vendo você
> Só queremos conversar
> ok?

> não estou não

> você não está o quê?
> na sua tenda?

> não

> camarada é normal ficar um pouco aborrecido

> EU NÃO ESTOU ABORRECIDO

> ok

> ESTOU CHEIO DE FÚRIA E COM RAZÃO

> ok

> A IRA DE AQUILES FILHO DE PELEU LANÇA INCONTÁVEIS MALES SOBRE OS AQUEUS PORTANTO EU NÃO ESTOU
> "UM POUCO ABORRECIDO" OK?

AQUILES

> ok tudo bem
> só estávamos nos perguntando
> quando você estaria pensando
> em voltar pra guerra que estamos travando

> bem em primeiro lugar
> você está sendo indulgente

> o que foi que eu disse?

> não foi o que você disse foi COMO você disse
> e segundo eu desisto da guerra pra sempre
> então
> é aí que eu vou voltar
> quando eu des-desistir da guerra,
> o que será nunca, muito nunca

> do que você está falando, camarada?

> ele levou aquela garota de quem eu gostava

> quem levou?

> aquele cara
> não posso dizer o nome dele
> o cara com o nome grande e o capacete de sol

> Agamenon?

> sim esse cara
> ele levou a garota de quem eu gostava

> qual garota?

17

AQUILES

> NÃO LEMBRO
> MEU DEUS
> o que é isso
> o dia de lembrar nomes?
> a que estava sempre segurando o vinho
> ou o globo ou sei lá o quê
> ela estava sempre carregando alguma coisa

> ok
> ok
> ajudaria se a trouxéssemos de volta?

> não
> não ajudaria
> e você está sendo indulgente de novo
> e eu estou indo pra casa

> o que você vai fazer se for pra casa?

> não sei
> há coisas que crescem no solo se você as colocar lá
> então talvez eu faça isso

> plantar?

> sim
> vou pra casa colocar coisas no solo e ninguém vai levar
> as garotas de quem eu gosto
> e espero que todos vocês morram nessa guerra idiota

> você não deseja isso de verdade

> não desejo o caramba

> o quê?

> me deixe em paz

Dido

ei amor
quando você vai voltar pra casa?
acha que hoje à noite?

**Este número foi desligado
ou está fora de área.**

Platão

> ok Glauco então
> quero que você visualize uma caverna
> cheia de prisioneiros que passaram
> a vida toda ali
> e estão todos acorrentados em fila
> voltados pra parede dos fundos

> meu deus
> que pesadelo
> pobres pessoas

> ok não
> quer dizer sim, é terrível, mas não, não é essa a questão
> enfim
> eles estão acorrentados e só podem olhar pra parede dos fundos
> não podem virar a cabeça

> que monstro faria isso?

> e tem uma fogueira atrás deles

> UMA FOGUEIRA NA CAVERNA
> MEU DEUS
> ESSAS POBRES ALMAS VÃO MORRER QUEIMADAS
> TEMOS DE RESGATÁ-LAS

PLATÃO

> não, é só
> é só um experimento mental
> quero falar sobre epistemologia

> QUE ESPÍRITO PERVERSO ACORRENTARIA
> SERES HUMANOS SOB A TERRA COMO HADES

> ninguém
> ninguém
> eles simplesmente estão lá

> PRECISAMOS NOS APRESSAR
> ESSES CIDADÃOS ACORRENTADOS
> NÃO PODEM SE LIBERTAR SOZINHOS

> é uma alegoria
> a caverna é só uma alegoria

> IMPOSSÍVEL
> ISSO É OBRA DE UM PATIFE E UM BANDIDO
> E EU NÃO VOU DESCANSAR ATÉ QUE ELE ESTEJA MORTO

Circe

> oi Odisseu
> quais são seus planos pro jantar hoje?

> Circe.

> o quê?
> ai meu deus, o que foi????

> Circe

> pare de dizer o meu nome
> não sei por que você está com raiva
> você está com raiva?

> Circe eu não vou jantar com você

> por quê?????

> você sabe por quê

> não, não sei
> sou uma feiticeira
> não uma
> não a dona do porquê das coisas

> o que todos aqueles porcos estão fazendo diante da sua casa?

> eu não sei
> o que os porcos fazem
> caçam trufas

CIRCE

> Circe

acho que o termo técnico é micofagia
mas não estou 100% certa

> de onde esses porcos vieram, Circe?

eu não sei
uma fazenda de porcos
uma porca mãe e um porco pai que se amavam muito
e trocaram um aperto de mão especial

> CIRCE

ai meu deus, está bem então
eles são a sua tripulação, você me pegou
transformei todos os seus amigos em porcos

> por que você transformou meus amigos em porcos?

não sei
talvez a verdadeira pergunta seja
por que seus amigos são
tão transformáveis em porcos?

> transforme todos eles em homens novamente

você virá pro jantar se eu os transformar em homens de novo?

> transforme todos eles em homens primeiro,
> depois a gente conversa

aaargh
Tá boooommmm

> e transforme todos eles em homens NORMAIS

23

CIRCE

> o que você quer dizer com isso?

>> exatamente como eram antes
>> e não
>> sei lá o quê
>> homens metade porcos
>> ou homens de mil anos de idade
>> ou sem nenhum braço
>> exatamente as mesmas pessoas normais

> haha ai meu deus
> o que você acha que eu sou?
> eu nunca faria isso

>> Circe
>> você tem uma ilha inteira de homens-texugo

> você não sabe que essa ilha já era assim quando cheguei aqui?

>> era assim?
>> era cheia de criaturas metade homens, metade texugos?

> eu não tenho de responder a essa pergunta
> estava cheio de muitas coisas aqui quando cheguei
> enfim, cala a boca
> eu consertei seus amigos idiotas
> que por falar nisso são idiotas e chatos

>> CIRCE

> é brincadeirinha meu deussss
> :)

Medeia

Parte II

> oiiiiii
> oi oi oi
> sou eu de novo (Medeia, caso eu ainda não esteja na sua lista de contatos)
> como ficou o vestido???

> ah sabe
> na verdade eu ainda não tive chance de experimentar
> tenho andado muito ocupada

> ok
> ok isso não é problema
> mandei outra coisa pra vocês

> Não creio que a gente tenha recebido

> olhe lá fora

> tem outra caixa

> FUI EU QUE MANDEI
> (está surpresa?)

> um pouquinho
> como você sabe onde a gente mora?

> bem
> como é que alguém sabe das coisas, não é?
> é melhor você abrir a caixa agora

MEDEIA

> pro seu casamento!
> então
> vá em frente e coma um pedaço agora mesmo
> para ter certeza de que está normal e bom
> pro casamento
> e me conta se gosta!!!

> é um bolo

> Medeia

> você está comendo?
> que tal o sabor?

> Medeia, eu não vou comer este bolo

> ai desculpe, você não pode comer farinha com glúten?
> eu devia ter perguntado
> você é alérgica?

> Medeia
> eu não vou experimentar o vestido nem comer este bolo

> por que não???

> você sabe por quê
> estão ambos cheios de veneno

> o queeeê?

> o bolo está preto e a cobertura corroeu a caixa

> como um veneno iria parar aí?

> o vestido pegou fogo
> pra você ver quanto veneno havia nele

> bem, eu vou
> eu vou ter uma conversa muito séria com aquela costureira
> vou comprar outro presente pra vocês para compensar

> por favor, não

:) :) :)

Rei Midas

A Mulher de Bath

ei, ainda está acordado? posso ir até aí

claro

é Alice, a propósito

legal

William Blake

> oi

> trouxe um presente pra você

> fiz um desenho pra você

< oi

< trouxe?

< ah, uau
< é horripilante?

> não

< jura?
< William?
< você jura pra mim que não é horripilante?

> desenhei uma coisa pra você

< William
< você sabe o que estou querendo dizer

> o que você quer dizer com horripilante?

< alguém está sendo
< esfolado vivo nele
< ou está cometendo suicídio?
< ou alguma coisa que não deveria ter olhos tem?
< você sabe o que quero dizer
< horripilante

> deixa pra lá
> desculpe ter te chateado

29

WILLIAM BLAKE

> William
> não é isso
> você sabe que eu gosto dos seus desenhos

> sei

> é só que eu já tenho tantas aquarelas de esfola
> não saberia onde colocar mais uma

> você poderia pôr na cozinha
> você não tem nenhuma das minhas esfolas lá

> então é um quadro de alguém sendo esfolado

> bem
> tipo isso
> isto é, eles já estão esfolados, não estão sendo esfolados
> não é assim uma dupla esfola
> aah espera
> aguenta aí

■ ■ ■

> Tragam meu Arco de ouro flamejante

> William, do que você está falando?

> Tragam minhas Flechas do desejo

> Você não tem permissão para usar flechas
> alguém te deixou usar flechas?

> Tragam minha Lança: ó nuvens abram-se!

> William
> você não tem nenhuma dessas coisas
> e não há nenhuma nuvem no céu
> está fazendo um dia lindo
> por que você não vem um pouco aqui pra fora, pro jardim?
> está fazendo um dia lindo aqui fora

WILLIAM BLAKE

> Tragam minha Carruagem de fogo!

> receio que não possa fazer isso,
> mas posso levar uma xícara de chá pra você
> quer que eu te leve uma xícara de chá?
> William?
> você quer?
> não é nenhuma carruagem de fogo,
> mas vou colocar muito leite nela

> me traga uma xícara de chá

> vou pegar uma xícara de chá pra você

> uma xícara de chá de fogo

> o que é isso?

> hein?

> o quê?

> nada
> só uma xícara de chá normal sem nenhum fogo
> absolutamente
> por enquanto não
> ha ha ha ha ha

■ ■ ■

> Quando o Sol se levanta você não vê um Disco redondo de fogo
> um tanto parecido com um Guinéu?

> Acho que poderia parecer isso mesmo

> Ah não não eu vejo uma multidão inumerável do exército Celestial
> ah
> gritando Sagrado Sagrado Sagrado é o Senhor Deus Todo-Poderoso

> Acho que poderia ser isso também
> ou o dinheiro ou os anjos gritando

WILLIAM BLAKE

> VOCÊ QUESTIONARIA UMA JANELA?

> o quê?

> VOCÊ QUESTIONARIA UMA JANELA?

> creio que não
> creio que não questionaria

> ENTÃO TAMPOUCO EU VOU QUESTIONAR MEU OLHO CORPÓREO NEM O VEGETATIVO

■ ■ ■

> Tudo na Comédia de Dante demonstra Que por Propósitos Tirânicos ele fez Deste Mundo a Fundação de Todos & a Natureza da Deusa & não o Espírito Santo

> você está desenhando imagens do Inferno outra vez

> Fique exatamente como você está – vou fazer o seu retrato – pois você sempre foi um anjo para mim

> ok
> ok vou me manter bem imóvel
> leve todo o tempo que desejar

> o que você acha que aconteceria se o Céu e o Inferno SE CASASSEM

> não sei

> uma Linha ou Lineamento não é formada pelo Acaso uma Linha é uma Linha em sua[s] Mais Diminuta[s] Subdivisão[ões] Reta ou Torta é Ela Mesma & Não Intermensurável com ou por Qualquer Coisa Tal Qual é o Trabalho

> nós estamos
> ainda estamos falando do Inferno?
> ou agora estamos falando de matemática?

Rei Lear

> ok quem quer um reino?

>> eu
>> eu quero

> quanto você me ama?

>> ai meu deus
>> quanto eu NÃO te amo é uma pergunta melhor
>> eu te amo como eu amo os olhos
>> ou o espaço sideral
>> ou ficar de pé
>> ou mesmo esta pergunta
>> ahhh isso é demais haha

> ahh isso é demais

>> eu seeeeei

> você com certeza pode ganhar um reino

>> ai meu deus obrigada
>> espero que você não ache que eu disse aquilo
>> só para ganhar um reino

> ah não em absoluto

>> obaaaaaa

REI LEAR

> talvez depois de você tomar posse eu vá ficar com você

> ah
> na verdade
> isso não funcionaria pra mim
> estamos reformando boa parte dos quartos neste momento
> sinto muito!!!

■ ■ ■

> oi amor :)
> você vem hoje à noite?

> quem é

> amor é a regan
> você sabe quem eu sou

> pare de mandar mensagens para este número

> espere aí quem é?

> me deixe em paz

> edmundo jamais diria isso quem é?
> é a maldita goneril?

> não

> é sim
> claro que é
> você é tão transparente
> não posso acreditar que roubou o telefone dele

> eu não roubei
> ele está no banho
> se você quer saber

REI LEAR

> que coisa mais patética

> se é tão patético
> então por que ele está aqui tomando banho comigo
> em vez de estar aí
> tomando banho com você?

> é óbvio que ele não está tomando banho com você
> é óbvio que ele só está tomando banho
> e você está sozinha
> bisbilhotando o telefone dele
> tentando fazer com que ele não receba minhas mensagens

> deixe-o em paz

> eu nunca deixo edmundo tomar banho sozinho
> quando ele está na minha casa

> cala a boca

> esta é a razão por que ele nunca vai matar seu marido por você

> não estou vendo ninguém matando o seu marido

> bem é difícil ver
> quando se está cega
> de ciúmes

> ah adivinha? o edmundo saiu do chuveiro
> está dizendo que me ama e que vamos nos casar
> e que ele vai matar meu marido
> portanto
> não posso falar tenho de ir tchau!!!

> você está mentindo

35

REI LEAR

> não ele está matando meu marido neste momento
> ai meu deus tem tanto sangue
> vamos ter de tomar outro banho
> depois de todo esse assassinato de marido
> tchaaaaau

> não ouse
> goneril
> goneril
> você inventou isso não é?
> vou ligar agora

> vamos fugir, Cordélia

> tudo bem

> você e eu
> vamos fugir pra cadeia juntos
> Lear e Cordélia, juntos novamente

> ah

> só nós dois
> como pássaros numa gaiola
> eu serei um pássaro e você será o outro

> hã

> podemos rir das borboletas
> e ouvir as fofocas da corte contadas pelos guardas
> e simplesmente viver lá para sempre
> e rezar e cantar e rir
> seremos ESPIÕES de DEUS
> como dois pássaros loucos aprisionados juntos em uma torre

REI LEAR

> sim
> isso seria
> a prisão com meu pai seria
> tão melhor que mudar pra França
> com meu novo e poderoso marido
> é
> uau

> para todo o sempre
> vai ser maravilhoso
> vamos lá

> ah
> ok
> sim
> claro
> deixa eu só
> dizer ao meu marido que
> vou fugir pra prisão com meu pai para sempre

> ok eu espero

> talvez demore um pouquinho
> as coisas estão uma loucura por aqui agora

> estarei bem aqui
> quando você voltar

John Donne

> eu só acho que é um pouco estranho
> que você não se importe que uma pulga morda a nós dois
> mas, ao mesmo tempo, você não queira fazer sexo comigo
> e eu nem te morderia

> o quê?

> a menos que você quisesse
> obviamente se você quisesse eu te morderia
> mas a mordida não é de fato a questão aqui

> eu não deixei a pulga me morder
> eu nem sabia que ela estava lá

> está vendo?
> fazer sexo comigo também é fácil assim
> espere
> isso não
> não é exatamente isso o que eu quero dizer

> eu realmente não vejo o que a pulga tem a ver conosco

JOHN DONNE

> ela significa que essencialmente estamos casados
> ela tem o meu sangue e o seu sangue nela
> portanto
> tecnicamente você já fez sexo comigo
> e pode muito bem fazer de novo

> eu não
> espere
> mas pode haver sangue de muitos outros lá também

> bem talvez tenhamos de fazer sexo
> com todas essas pessoas também

> o quê?

> não fique zangada comigo
> fique com a pulga por me obrigar
> a fazer sexo com tantas pessoas

> olhe vou simplesmente matar a pulga
> ok?
> pronto, a pulga se foi

> ah meu deus você é capaz de matar nosso bebê de sangue
> mas não é capaz de fazer sexo comigo

> ei garoto
> você vem pro jantar?

> vá se foder

> ok
> sinto muito querido

> você não sente coisa nenhuma

> quer que eu leve um sanduíche pra você?

> queria estar morto

> ok querido
> mas quer um sanduíche primeiro?

> que tipo de sanduíche?

> estamos comendo o de atum

> ok

> ok você ainda quer morrer?
> ou ok você quer que eu leve um sanduíche de atum pra você?

> aaaaahhh
> você não entende

HAMLET

> em todo caso vou levar o sanduíche

> não quero se for com aquelas coisinhas crocantes

> alcaparras?

> não
> as coisinhas crocantes

> aipo?

> NÃO
> AS COISINHAS CROCANTES

> picles?

> é

> não creio que tenha picles mas vou verificar

> traga dois
> se eu não morrer quero um para mais tarde

> ok

> mas não entre

> não vou

> estou trabalhando em uma coisa e não quero que você veja então deixe ao lado da porta

Dom Quixote

Dulcineia
DULCINEIA
APRESSA-TE
dragões –
dragões por toda parte –

> onde estão os dragões?
> onde está você?

estou cercado por dragões, meu amor!
houve perfídia
nesta estranha terra de ilhas de ferro
e espectros que se enroscam em vapor

> você está na cozinha?

nenhuma cozinha poderia produzir
um berro tão aterrorizante
nem um fedor tão horrendo
como os destes dragões de aço

> acho que você está na cozinha

eles pousam em ninhos de chama!!

DOM QUIXOTE

> sim
> você com certeza está na cozinha
> essa é a chaleira

> VOU MASSACRÁ-LOS A TODOS

> por favor não apunhale a minha chaleira

> ah, querida
> sua preocupação com minha segurança é louvável
> mas um homem deve ser bravo
> onde está o meu corcel?
> onde está Rocinante?
> EU PRECISO QUE SEJA RÁPIDO

Parte II

Você levou uma bandeja pra ele?

pra quem?

Não faça isso

não faça o quê?

Fingir que não sabe de quem eu estou falando

bem ele precisa comer
não sei o que dizer a você
ele é um garoto em fase de crescimento e precisa comer

Quantos anos ele tem?

não entendo o que você quer dizer com isso

Quero dizer
até que idade ele vai crescer?

As pessoas estão sempre crescendo

Ele tem 37 anos

Ainda está na escola!

Ele pode jantar conosco como um ser humano normal ou pode esperar até o café da manhã como todos os outros

Não estou acreditando em você

Talvez se você não o deixasse dormir até o meio-dia ele estaria com fome na hora do jantar

Talvez se vocês conversassem ele não ia querer ficar no quarto o tempo todo

René Descartes

você está acordado?
não consigo dormir
e se existir um demônio maligno tão inteligente e enganador quanto poderoso
que tenha empregado todos os seus esforços para me induzir em erro?

> eu não sei
> acho que seria terrível
> volte a dormir

e se for justamente isso que o demônio maligno quer que eu faça?

> eu não sei

ah meu deus
e se eu já estiver adormecido
e se eu estiver sonhando neste momento
e todas as minhas percepções forem falsas?

> não sei
> então acho que não tem importância
> e você pode muito bem voltar a dormir

como você pode pensar em dormir num momento como este?

RENÉ DESCARTES

> bem em geral eu estou dormindo às três da manhã
> é um hábito meu

> talvez você só pense que é um hábito seu
> talvez o demônio maligno esteja enganando você também

> talvez

> o que é um sonho senão uma série de mentiras destinadas a nos manter
> imobilizados em um quarto escuro por horas a fio?

> é um bom argumento
> vou voltar a dormir e pensar nisso enquanto sonho

> isso parece algo que um demônio maligno diria

> acho que vou ter de correr esse risco

> você vai mesmo voltar a dormir?
> você está dormindo?
> não durma
> quero conversar sobre matemática

William Wordsworth

> oi

> ei

> como você está?

> muito bem obrigado!

> bom
> bom
> isso é bom
> fico feliz que alguém esteja bem hoje
> isso é bom
> pra você

> como você está, William?

> ah não se preocupe comigo

> eu não estou preocupado

> não precisa se preocupar com o meu estado

> só estou perguntando como você está

WILLIAM WORDSWORTH

> ahhhhhhhhh
> eu estou me sentindo como
> uma nuvem
> sabe?
> como uma nuvem olhando flores

> ah
> como?

> apenas uma nuvem velha e solitária
> feita de vapor e tristeza
> e do que mais as nuvens forem feitas
> olhando flores
> vagando
> sozinha

> William
> você quer que eu vá até aí?

> não
> não precisa
> não quero te incomodar

> não é nenhum incômodo

> como você pode visitar uma nuvem
> ocupada demais vagando
> solitária
> sobrevoando colinas e coisas?

> você quer que eu vá até aí?

> seria bom
> sim
> por favor

Parte III

> eles tinham aquelas coisinhas crocantes

ah querido sinto muito
pensei que tivesse catado todas elas

> bem
> não catou

você quer alguma outra coisa?

> não

tem certeza?

> eu comi assim mesmo
> estavam bons eu acho
> acho que não me incomodo tanto assim
> com as coisinhas crocantes
> :)

por falar nisso aquela garota continua procurando você

> diga a ela que não estou aqui

tem certeza?

> sim estou ocupado

49

HAMLET

> estou trabalhando no meu projeto

> deixe-me entrar só por cinco minutos
> para que eu possa passar o aspirador para você
> prometo que não vou atrapalhar seu projeto

> NÃO ENTRE NO MEU QUARTO

> ok
> ok não vou entrar
> desculpe querido
> Hamlet?
> querido?

Samuel Taylor Coleridge

> e se a lua fosse assombrada
> por mulheres que fizessem sexo com demônios?

> o quê?

> e se kubla khan fizesse um domo inteiro
> só por prazer
> e pusesse um oceano debaixo do chão
> sem nem um pouco de sol nele?

> uau
> eu não sei

> e os rios arremessassem nas pessoas pedras
> arrancadas da terra?
> haha
> arremessassem bem na cara idiota das pessoas

> isso seria um feito e tanto

> você está certíssimo seria algo incrível
> cavernas de gelo
> e vozes de guerra ancestrais profetizando sobre donzelas
> e rios sagrados gritando cuidado
> e seus cabelos flutuariam
> e
> argh aguenta firme
> dois segundos
> tem um cara aqui

SAMUEL TAYLOR COLERIDGE

> ok

> volto logo

■ ■ ■

> você ainda está aí?

> aaaaargh
> aquele cara

> quem era?

> um babaca de Porlock

> o que ele queria?

> falar comigo por tipo
> um milhão de horas
> sobre nada
> aparentemente
> de qualquer modo
> o que eu ia dizendo?
> porra
> o que eu estava dizendo?

> alguma coisa sobre um rio

> não
> não era isso
> pooooorra
> ei você tem um pouco de ópio?

Parte IV

> seus amigos vieram te ver
> quer que eu os mande subir?

> eles não são meus amigos de verdade
> se fossem mesmo meus amigos me deixariam em paz

> sua namorada está aqui com eles
> quer que ela também te deixe em paz?

> em primeiro lugar
> ela não é minha namorada
> em segundo lugar
> a dinamarca é uma PRISÃO

> quem sabe se você saísse do quarto
> não pareceria tanto com uma?
> quem sabe se fosse lá fora
> ou apenas descesse pro jantar, quem sabe?

> pare de me dizer o que fazer
> você é uma fascista
> tudo é uma grande bobagem
> homens
> mulheres
> animais
> o céu
> você
> uma grande bobagem

Parte II

Jane Eyre

> JANE
> MEU RAIOZINHO DE SOL
> ONDE VOCÊ ESTÁ?
> PRECISO DE VOCÊ AO MEU LADO

> Estou dando uma caminhada
> volto pro jantar

> AH SIM MEU DUENDE ENGAIOLADO
> COMUNGUE COM A NATUREZA E AO VOLTAR
> RELATE PARA MIM AS GLÓRIAS ERRANTES DA
> FLORESTA ARRUINADA

> você quer mesmo que eu descreva minha caminhada pra você?

> MAIS DO QUE QUALQUER COISA SUA BRUXINHA DE BOLSO

> está bastante nublado aqui fora
> parece que vai chover logo

> AHHH PENSAR QUE MEU PEQUENO ESTORNINHO
> JANE IRÁ RETORNAR PARA SE EMPOLEIRAR EM
> MEU OMBRO MALFORMADO E ALQUEBRADO
> CANTANDO UMA CANÇÃO DOS CÉUS CINZENTOS
> E TORTURANTES
> FAZ MEU CORAÇÃO INFLAR ATÉ QUASE EXPLODIR

> tudo bem

■ ■ ■

JANE EYRE

> JANE
> JANE COMPREI PRA VOCÊ UM VESTIDO FEITO DE DEZ MIL PÉROLAS COMO PRESENTE NUPCIAL

> e onde eu iria usar isso?

> PODERIA USÁ-LO NA LUA

> isso parece impraticável como eu iria respirar na lua?

> EU RESPIRARIA POR VOCÊ MINHA JANE
> JANE AONDE VOCÊ FOI?
> ESTOU DESOLADO E SEM MINHA JANE
> VOU ME ENTREGAR À BOEMIA

> estou com meus primos

> QUAL PRIMO
> AQUELE SEXY?

> Por favor não tente falar comigo outra vez

> É O SEU PRIMO SEXY
> "ST. JOHN"
> QUE TIPO DE NOME É ST. JOHN?

> Não vou responder a isso

> EU SABIA
> VOCÊ FOI EMBORA POR CAUSA DA MINHA MULHER NO SÓTÃO?
> É ESSE O PROBLEMA?

> sim
> Com certeza

> PORQUE MINHA CASA NA FRANÇA NEM TEM SÓTÃO
> SE É COM ISSO QUE VOCÊ ESTAVA PREOCUPADA
> MAS TEM UMA ADEGA PORTANTO VOCÊ SABE
> NÃO ME CONTRARIE
> HAHA SÓ ESTOU BRINCANDO

JANE EYRE

> Espero que você já tenha feito as malas pra Índia

> Não vou pra Índia com você, St. John

> Não é isso que estas DUAS PASSAGENS PARA A ÍNDIA dizem

> Você sabe que não quero me casar com você
> Por que então não se casa com Rosamond?
> Leve-a com você

> Casar com ela?
> CASAR COM ELA?
> Não seja ridícula
> Eu me sinto atraído por ela
> Isso é nojento
> Você é nojenta, Jane

■ ■ ■

> Então você não vem mesmo

> Não vou mesmo

> Eu seria um marido incrível sabe disso?

> Sei

> Ensinei híndi e tudo a você
> Isso é basicamente o mesmo que ficar noivo para os missionários

> E eu agradeço de verdade
> Será extremamente útil em minha carreira como governanta inglesa

> Está vendo?
> Isso
> Pronto.
> esse é exatamente o tipo de tom a que me refiro
> Um surto de cólera nos trópicos iria acabar com esse seu sarcasmo

> acho que essa eu perdi

> Acho que sim

59

Sherlock Holmes

> este é um enigma e tanto, Watson

> absolutamente certo, Holmes
> um baita de um enigma
> o que eu quero saber é como o vigário sabia que o pequinês do arcebispo tinha desenvolvido imunidade a picadas de cobra

> só tem uma coisa que está nos faltando
> somente uma coisa que precisamos e que vai nos ajudar a solucionar este caso

> precisamos interrogar Lady Emily outra vez

> não, Watson

> ah
> não é
> . . .

> COCAÍNA, WATSON

> ah

> vamos precisar de muita cocaína
> MONTES dela

. . .

> Sherlock, os outros já estão a caminho
> Temos de encontrá-los no museu

SHERLOCK HOLMES

> Eu sim
> sim sim sim definitivamente sim estarei lá
> só me dê cinco minutos para um
> servicinho
> cinco minutos

> Sherlock por favor não
> Sherlock?
> Jesus
> pelo menos me diga onde você está
> para que eu possa ir buscá-lo

■ ■ ■

> Lamento Lestrade
> Não creio que ele venha
> Tentei ligar, mas ele não atende
> está nevando
> e não creio que ele tenha levado casaco

■ ■ ■

61

SHERLOCK HOLMES

> JOHN
> JOHN
> VOCÊ SABIA
> QUE ELES FAZEM COCAÍNA
> QUE VOCÊ PODE FUMAR?

> santo deus Sherlock por onde você andou?

> você pode simplesmente fumá-la
> é incrível

> diga onde você está e eu vou buscá-lo

> eles chamam de crack e é maravilhoso

> só diga onde você está e eu vou buscá-lo

> EU NUNCA MAIS VOU EMBORA
> você tem ideia de quanta cocaína eles têm aqui?

> Imagino que bastante

> BASTANTE
> pode trazer meu violino se quiser
> e meu chapéu

> quer mais alguma coisa?

> não
> só o violino e o chapéu e um monte de cocaína
> isso é tudo de que preciso

> e o mistério?

> danem-se todos os mistérios
> o único mistério que eu quero solucionar
> é quanta cocaína eu posso consumir
> o mistério de quanta coca eu aguento cheirar
> esse é o mistério pra mim

Emily Dickinson

Eu vi –
Hoje –
um Homem Grilo,

> ok

mas ele não parou pra bater Papo –

> é mesmo?
> mais alguma coisa aconteceu?

Não –

> vamos sair esta noite, hein?
> não precisamos fazer nada grande mas acho que
> devíamos sair só pra jantar, uma coisa assim
> acho que é uma boa ideia

Sair, de Novo? –
Eu Saí e Fui pra Mount Holyoke

> pra faculdade
> você foi lá cursar a faculdade há treze anos

E agora eu preciso descansar.

■ ■ ■

EMILY DICKINSON

> você viu –
> o meu Xale?

>> que xale?

> o xale Branco

>> Pensei que você estivesse usando seu xale branco

> uma pessoa pode ter mais de um Xale branco
> uma pessoa pode não ficar satisfeita com um único Xale branco

>> acho que o vi no andar de baixo

> Ai de mim

>> bem no sofá

> Você sabe que não desço a Escada
> Vou tricotar um novo

>> isso é ridículo

> quando eu morrer
> quero ser enterrada com aquele Xale
> quero ser enterrada – com Dez Mil Xales –

>> você não está morrendo
>> você só tem medo da escada

> Minha Alma não é Covarde
> Não temo nenhum Lance de Degraus

>> você quer que eu o traga pra você?

> se você depois vai mesmo tornar a Subir
> pode pegar meus chinelos perto da Porta também?
> e ainda –

>> sim?

> um pouco – de Chá

EMILY DICKINSON

> ok

> além disso tem outros quatro Xales nos degraus traga-os também

■ ■ ■

> Um Camarada esguio na Grama Ocasionalmente anda...

> você se refere a Harris? o caseiro?

> Você deve tê-Lo visto –

> É Harris

> Súbita é sua aparição –

> você andou se escondendo no jardim de novo?

> ele é cobra

> Ele não é cobra

> Ele é decididamente Cobra

> você sabe que assusta as criadas quando se esconde no jardim

> Uma Bardana – arranhou meu vestido

> Emily

> Um Pássaro desceu o Caminho Um Rato se Rendeu aqui

> Emily nada disso é verdade

> A fama é uma Abelha

> Posso vê-la da janela não tem nada arranhando você nem se rendendo

65

EMILY DICKINSON

> um Mar suave está banhando a casa
> Eu ainda não contei pro Jardim

> Emily por que você não entra?

> Um Sapo pode morrer de Luz, você sabe

> Sei
> por que você não entra?
> vou buscar o seu xale branco

> que Xale branco?

> o que você quiser

> quero o que está na biblioteca

> ok
> você vai entrar então?

> Sapos podem morrer de luz você sabe

> acredito em você

> Ela os mata, fulminante

■ ■ ■

> Emily
> Emily, minha querida
> pode me deixar entrar, por favor?
> Só quero arejar o seu quarto

> O Ar não tem Moradia
> nenhum Vizinho

> Emily, faz muito, muito tempo que você não sai
> posso entrar por favor?

EMILY DICKINSON

> Agora – não –

> Quando posso entrar?

> Depois de cem anos

> Emily
> pode me dar uma estimativa de tempo real, por favor?

> Depois que todos os Pássaros tiverem sido investigados e descartados?

> você tem pássaros aí dentro?

> Depois que o Sol sair

> Emily
> responda à pergunta

> Às Três e Meia

> quantos pássaros tem aí dentro?

> Um único Pássaro

> é por isso que as pessoas não vêm nos visitar essa história de pássaros

> De volta da Sepultura cordial eu o arrastei

> o pássaro ainda está vivo, Emily?

> sabe qual é a Melhor feitiçaria?

> Emily

> Geometria

EMILY DICKINSON

me diga apenas se o pássaro ainda está vivo

CASULOS ACIMA
CASULOS ABAIXO

Estou entrando

CASULOS

Oliver Twist

por favor senhora
como é Natal e tudo mais
eu posso
se a senhora não objetar
posso ter a permissão para comer o queijo que os ratos
deixaram para trás nas ratoeiras?

o cheddar?
seu garoto impertinente
esse é o queijo mais importante de todos
e mais tarde hoje à noite
por fazer uma pergunta à matrona em um domingo
vou mandar matá-lo bem matado

compreendo

depois que for morto espero que esfregue os degraus

sim senhora

em seguida limpe as panelas engorduradas e depois se
apresente a Chumsley Fezzlethroat
e ele irá matá-lo novamente antes de dormir

isso significa que não vou ter de varrer as chaminés
com meu cabelo esta noite senhora?

OLIVER TWIST

> como você ousa fazer tal pergunta
> seu menino sujo e horrível
> é claro que sua cabeça será usada para varrer as chaminés
> agora vá ficar na chuva até derreter

> sim senhora

> e vai ficar sem ceia até os 35 anos

> sim senhora

> e depois disso os garotos do sexto ano
> vão agarrá-lo pelos tornozelos
> e enfiá-lo no tear elétrico na fábrica
> até você virar picadinho

> sim senhora

> em seguida os pedaços serão mandados para servir
> uma família de doze em Coventry
> a família mora num barraco velho
> e você terá de manter o barraco impecavelmente limpo
> e se eu ouvir dizer que um de seus pedaços desagradou
> a família irei num trenó de cães furiosos
> até o seu quarto e lerei o livro das Lamentações
> em voz alta até você ter sido devorado vivo
> pelos cães furiosos

> sim senhora

> Feliz Natal pra você, então
> agora vá, seu malandrinho

> Feliz Natal, matrona

> eu mimo muito você, sabe
> não devia fazer isso, mas não consigo evitar
> meu coração é mole demais

> sim senhora
> obrigado senhora

Lord Byron

> aaaaaargghhhh minha vida

> o que foi?
> o que há de errado?

> aaaaaaaargh

> algum problema específico?
> ou alguma coisa que eu possa fazer pra ajudar?

> aaaargh
> minha viiiiida

> você quer que eu vá até aí?

> aaaaaaaaaaaaaaaaaarghghghghhhhh

■ ■ ■

> ah meu deus

> o quê?

LORD BYRON

> esse cara
> esse editor
> está me perguntando sobre meu canto favorito
> em Childe Harolde
> é o mesmo que pedir a alguém que diga quem
> é mais gostosa
> a meia-irmã ou as primas
> é literalmente impossível

■ ■ ■

> ei
> você acha que podemos ficar em casa esta noite?
> estou tão exausto por causa de ontem
> podíamos ficar em casa
> vestir o pijama e não ver ninguém
> talvez acender a lareira

> ah uau mesmo?

> hahaha estou brincando
> já deve ter alguém no seu quarto
> estou indo praí em cinco minutos

> ah

> por falar nisso
> você tem aquele creme de antes?
> o creme antiatrito
> vamos precisar de uma grande quantidade dele
> para evitar assaduras

> ah ok

> garotos que cantam em coral ficam assados facilmente
> na minha humilde opinião

■ ■ ■

LORD BYRON

> aaaaaaaarghhh
> nada está bom

> qual o problema?

> TUDO
> você percebe que eu nunca vou poder fazer sexo com a chuva?

> eu não sabia que você queria fazer sexo com a chuva

> é claro que quero fazer sexo com a chuva
> como você pode sequer dizer isso?
> acho que você nem me conhece

> talvez
> você devesse focar
> em todas as coisas com as quais você pode fazer sexo

> Sim talvez
> eu só quero viver sabe

> certo

> quero fazer um *ménage à trois* com a lua e o ciúme

> certo

> É e quero transar com a chuva mas não consigo
> aaaaaaaarghhhh
> eu devia simplesmente ir morrer na Grécia

> o quê?

> nada

LORD BYRON

> Escrevi um poema hoje
> quer ouvi-lo?

> ok

> Perto deste Local
> estão depositados os Restos de alguém
> que possuía Beleza sem Vaidade,
> Força sem Insolência,
> Coragem sem Ferocidade,
> e todas as virtudes do Homem sem seus Vícios.
> Este elogio, que seria Adulação sem sentido
> se inscrito sobre Cinzas humanas,
> é apenas uma justa homenagem à Memória de
> BOATSWAIN, um CÃO,
> que nasceu em maio de 1803 em Newfoundland
> e morreu em Newstead, em 18 de novembro de 1808.
> ei mudando totalmente de assunto
> você se lembra de quantos filhos eu tenho?
> estou tentando fazer uma coisa do imposto neste momento
> e nããããão tenho a menor ideia haha
> tipo
> com certeza são ALGUNS

> não sinto muito

> porra
> tenho de escrever umas cartas
> aaaaaaaaaaaaaaaaaaaaaaaaaarghhhhh

John Keats

> ah meu deus
> ah meu deus
> sabe o que eu AMO
> tipo aquilo por que sou simplesmente louco?

> é esta urna?

> ESTA
> URNA

> imaginei
> você parecia muito entusiasmado

> ESTA URNA GREGA

> é muito bonita

JOHN KEATS

> VÁ SE FODER COM ESSA PORCARIA DE MUITO BONITA
> É A NOIVA DO SILÊNCIO
> É A FILHA DO TEMPO E DO SOSSEGO E É TÃO BOA
> É COMO MÚSICA IMAGINÁRIA
> EU AMO TANTO A PORRA DESSA URNA
> TEM UM SACERDOTE NELA
> ELE É TODO MISTERIOSO
> PORRA DE SACERDOTE MISTERIOSO
> TEM UMA VACA NELA
> USANDO FLORES
> E DONZELAS
> TEM VERDADE NELA
> ESTA URNA CONTA A MALDITA VERDADE
> ELA É TÃO LINDA

> certo, certo

> FODA-SE VOCÊ
> AO MENOS ESTÁ OLHANDO?

> estou
> estou olhando pra ela

> VOCÊ ESTÁ MESMO OLHANDO PRA ELA?

> estou
> eu juro

> tipo olhando de verdade?

> ok
> ok vou olhar

> ótimo
> Desculpe

> está tudo bem

JOHN KEATS

> eu não tinha intenção de me empolgar tanto

> eu sei

> Eu simplesmente amo tanto esta urna

> ela é mesmo uma urna maravilhosa

> é mesmo
> eu simplesmente a amo muito

> eu sei
> está tudo bem

Emma

> querida Emma
> tem visto nosso amigo o Sr. Martin?
> ele deveria me levar para um chá esta tarde mas não veio

> ah Harriet!
> você ainda gosta dele mesmo??

> ah
> eu gosto
> Sim

> eu disse a ele que você não era virtuosa
> e acho que isso o afugentou
> não achei que você ainda gostasse dele
> de qualquer forma você não iria gostar dele por muito tempo
> kkkk qual seria o seu nome se
> você se casasse com ele
> "Sra. Fazendeira"??
> isso nem é um nome, Harriet
> "oi eu sou a Sra. Fazendeira sou casada com uma fazenda"
> insetos vivem em fazendas, Harriet
> além disso
> tem outra coisa
> ele é horrível no uíste
> aaah
> você quer vir jogar uíste??

■ ■ ■

> espere
> acho que era o Sr. Martin
> decididamente eu disse a ALGUÉM que você não era virtuosa
> kkkk
> ñ sei a quem exatamente mas
> com certeza foi decididamente alguém

■ ■ ■

> Pai
> quero estabelecer uma nova regra na casa
> nada mais de criados se casando
> lembra quando a Srta. Taylor se casou?
> foi horrível
> não tivemos gente suficiente na casa para jogar uíste durante semanas
> em todo caso
> quer descer e jogar uíste???

■ ■ ■

Uma nova mensagem de voz de Jane Fairfax
Tecle 7 para salvar sua mensagem
Tecle 8 para apagar sua mensagem
88888888888888888
Comando não identificado
8
Sua mensagem foi apagada

■ ■ ■

> sabe o que eu não suporto?

> o quê?

> gente reservada

> ah meu deus tem razão

EMMA

> decididamente eu jamais poderia me casar com uma pessoa reservada

ahhhhhh Frank
sou a mesma coisa
eu também sou do mesmo jeito

> mas sabe o que eu AMO?
> viver a vida plenamente

não brinca

> e dançar

e uíste??

> ah uíste totalmente
> jogar uíste o máximo possível
> concordo cem por cento

uau
é como se fôssemos a mesma pessoa
a mesma pessoa não reservada

> nunca conheci ninguém como você

Frank
quer vir aqui jogar uíste?
não
uíste não
Piquet

> ahhh desculpe não posso
> sou casado
> :(

Orgulho e Preconceito

> E você deve se certificar de que sua irmã convide o Mr. Bingley, Lizzie

> Ele não está aqui, Mãe

> Não está aqui?
> ele tem de estar aqui
> o baile é daqui a sete dias
> e se ele não estiver aqui então como vamos convencer nosso Mr. Darcy a comparecer?

> Mr. Darcy também não está aqui

> não?
> mas pensei que ele estivesse em Londres a negócios
> e que retornaria a tempo pro baile

> Não
> ele não está em Londres
> está em um navio
> está indo pra guerra

> mas esta é uma péssima notícia

ORGULHO E PRECONCEITO

> Tem uma guerra de verdade acontecendo bem agora contra Napoleão

como isso pode ter acontecido??

> Ele foi convocado há meses

E Mr. Bingley?

> Também está lá
> Ele também foi para a guerra que está sendo travada agora

ah meu deus
vamos ter de adiar esse baile

> Provavelmente sim

■ ■ ■

sabe de quem eu sinto falta?

> Quem?

De Mr. Collins
lembra-se de Mr. Collins?
lembra-se dele?
lembra quando ele nos visitou?

> Lembro
> Lembro sim

o que eu mais gostei nele
foi o tanto que ele queria se casar com você
lembra disso?

> Sim

ORGULHO E PRECONCEITO

> lembra quando havia alguém que queria se casar com você?

Sim

> hahahaha
> não tem mais ninguém agora

■ ■ ■

Mãe, você tem visto Mary?
Ninguém a viu desde que Jane voltou de Londres

> Mary?

sim

> Qual Mary?
> Não conheço ninguém com esse nome

Mary
Mary Bennett

> humm
> creio que não
> não me soa familiar

■ ■ ■

> Isso significa que Mr. Wickham foi também?

para a guerra?

> sim

está perguntando se o oficial Mr. Wickham também foi pra guerra?

> sim

ORGULHO E PRECONCEITO

> Ele foi pra guerra, sim
> Acabou de ir

> santo Deus

> se você estiver pensando em algum homem
> com menos de 35 anos de idade
> que esteja na milícia ou seja um oficial de algum tipo
> ele provavelmente está na guerra

> foi pra lá que sua amiga Mary foi também
> a que está desaparecida

> Não creio

> bem você deveria verificar
> aparentemente estão todos indo pra lá
> aparentemente ninguém mais vai a bailes porque
> simplesmente não se cansam de Napoleão

■ ■ ■

> você quis dizer MARY?

> eu quis dizer o quê?

> quando você estava falando de Mary mais cedo
> estava falando de Mary MARY?

> de qual Mary você achou que eu estivesse falando?

> aquela alta
> que mora no andar de cima
> de óculos
> a garota de cima
> que franze a testa ao piano

■ ■ ■

ORGULHO E PRECONCEITO

> ah Jane estou tão feliz por você

>> Obrigada

> e Lizzie também é claro

>> Sim, é maravilhoso

> e agora Lydia também
> graças a Deus todas vocês encontraram
> homens maravilhosos para casar

>> Obrigada

> honestamente agora seríamos todos uns
> sem-teto se não tivessem encontrado

>> Suponho que sim

> não teríamos para onde ir
> todos que conhecemos simplesmente
> permitiriam que isso nos acontecesse
> espero que não achem que fui dura demais
> com todas vocês em relação a isso
> sem razão

>> Não é claro que não

> É só que se vocês não se casassem eu
> passaria o resto da vida preocupada com
> minhas filhas sem-teto
> só estou contente que estejamos todos tão felizes agora
> e mesmo que vocês não estejam muito felizes
> literalmente suas únicas outras opções
> seriam a prostituição ou a mendicância
> portanto

ORGULHO E PRECONCEITO

> Não vamos falar disso

> Por favor tenham filhos meninos

> tudo bem, Mãe

> tenham filhos e sejam felizes

> Eu sei

> Eu ainda vou perder a casa
> no minuto em que seu pai morrer
> ele estará morto e eu não terei marido
> e nenhuma casa e nada

> Eu sei

> Vou ter de morar com uma de vocês
> vocês vão ter de me deixar morar com vocês
> até eu morrer

> Eu sei

> Jesus, isso é horrível

> É mesmo

Moby Dick

ROOOOOOOARRRRRRRR

santo Deus do céu

o que é isto?

ROOOOOOOOOOOOOOOOOARRRRRR

é a baleia
é a baleia!
Berre quanto quiser
este barco nunca se desvia de nada que tenha o
formato de uma baleia

kkkkkkkkk não
sou só eu

Jesus Cristo
Ahab?

MOBY DICK

> kkkk você devia ter visto a sua cara

>> minha cara?
>> você está aqui?
>> está na minha cabine?

> kkkk
> Talvez

>> meu Deus
>> pensei que a velha baleia branca estivesse
>> finalmente em cima de nós

■ ■ ■

> Ismael
> ei Ismael
> eu já te ensinei como fazer sabão de óleo de baleia?

>> Capitão, se não precisa de mim, é melhor eu voltar a dormir
>> Vou precisar desse descanso pra caçada de amanhã

> você sabia que pode fazer margarina de óleo de baleia?

>> Não sabia

> margarina!
> quem iria imaginar

>> Não sei, Capitão

MOBY DICK

> bom, pra começar
> você precisa na realidade hidrogená-lo
> o que eu sei parece maluquice mas é assim que
> você se livra daquele cheiro de peixe

> Sei

> você sabe o cheiro de peixe a que me refiro
> é como tudo cheira agora

■ ■ ■

> você se dá conta de que podemos estar de volta
> a Martha's Vineyard daqui a umas seis
> horas?
> talvez oito
> em menos de um dia podemos estar jantando
> em Martha's Vineyard

> depois que tivermos matado a baleia, não é?

> argh
> sim é claro
> seja como for
> podemos estar lá em oito horas, é tudo que estou dizendo

> só depois que você tiver explodido o coração quente da
> poderosa baleia
> com lanças, com facas e arpões
> e triunfantes levarmos sua carcaça de volta pra praia

> aaargh
> é como se tudo pra você dependesse de arpões Ismael

■ ■ ■

89

MOBY DICK

> ei o que você está fazendo tipo agora?

>> estou envolto pela escuridão
>> dez vezes as trevas
>> estou cuidando das cubas de óleo e extraindo a gordura

> incrível
> incrível
> isso parece incrível

>> Precisa de mim pra alguma coisa, Capitão?

> na verdade não
> acho que não
> você está com Queequeg agora?

>> ele está no beliche dele
>> se recuperando do esbarrão com a morte

> legal legal
> pode dizer a ele que eu mandei um alô?

>> claro

> ótimo
> não é nada de mais nem fora do normal
> você pode fazer parecer casual
> pergunte a ele o que vai fazer no jantar
> se quer jantar nos aposentos do capitão
> comigo obviamente
> haha
> claro obviamente eu não o convidaria para jantar
> sozinho numa parte estranha do navio sem mais ninguém

MOBY DICK

> Alguma outra mensagem que eu deva dar a ele?

> hein?

> Sobre a caçada amanhã?

> caçada amanhã

> À baleia
> À baleia branca
> à baleia branca, ou o demônio

> sssim ah sim com certeza
> sim claro isso ainda está de pé
> baleias baleias baleias
> estou superpreparado para baleias
> Amanhã

> Vou dizer a ele
> Quer que eu pergunte se
> ele vai participar da caçada, então?

> ah meu Deus
> por que tantas perguntas sobre Queequeg?

> Capitão?

> você está
> fazendo muitas perguntas sobre ele isso é tudo
> é como se você estivesse obcecado por ele ou algo assim

■ ■ ■

MOBY DICK

> alguma vez você pensou
> que a baleia é como
> uma metáfora

> uma metáfora?

> sim

> às vezes

> eu também
> eu também
> você quer pregar coisas no mastro?

> sim

> ok

> estarei lá em cinco minutos

■ ■ ■

> Senhor, a tripulação implora que o senhor
> abandone essa louca perseguição
> Estamos cansados disso, estamos
> cansados ao ponto de perecer
> Precisamos retornar ao porto

> ah
> sim
> terrivelmente louca
> eu só estou louco por
> vingança e tudo mais
> todos os tipos de vingança pelas minhas pernas, e outras coisas

MOBY DICK

> Senhor?

> perna
> só a perna
> ela só levou a perna direita

> Capitão, eu não sei o que a baleia levou do senhor

> ah eu só estou
> furioso com isso
> as pernas, quero dizer
> e a baleia

> Por favor

> Você sabia que os órgãos digestivos da baleia são tão inescrutavelmente formados que é quase impossível para ela digerir por completo até mesmo o braço de um homem?

> Não sabia

> bem é verdade
> pense nisso
> pense nisso da próxima vez que estiver pensando em baleias

Grandes Esperanças

> Sarah, querida!
> Recebi seu bilhete

> ah ótimo

> não poderei ir ao batizado
> pois no momento estou totalmente atolada
> (você deve lembrar que fui abandonada no altar
> e passei os anos seguintes me recuperando da traição)

> sim lembro

> Gostaria muitíssimo de poder ir
> mas você sabe como é
> ser rejeitada

> Bem
> vamos guardar um pedaço de bolo pra você
> por via das dúvidas

> Por favor não se preocupe comigo
> Estou cercada pelas ruínas de um amor sofrido e
> impossível que está lentamente se transformando
> em veneno
> assim estou me mantendo ocupada
> muito amor para o bebê

> obrigada

> se for um garoto espero que você o afogue

■ ■ ■

GRANDES ESPERANÇAS

> Pip
> Pip o que você está fazendo agora?

>> Estou no trabalho
>> O que foi?

> você sabia que meu nome seria Sra. Compeyson
> se eu tivesse me casado com meu noivo o Sr. Compeyson?

>> verdade?

> mas eu não me casei com ele

>> certo

> porque como você se lembra
> fui abandonada no dia do meu casamento
> pelo meu noivo
> (o Sr. Compeyson)
> e nunca nunca
> nunca me recuperei
> mas estou muito feliz em saber que você está tão bem
> só Havisham vai servir por ora
> a menos que ele volte

>> há alguma coisa em particular
>> que eu possa fazer por você agora?

> todos os homens são cachorros Pip

>> ok

> escreva isso

>> vou escrever

> mas escreva de verdade
> está escrevendo?

GRANDES ESPERANÇAS

> sim

> acho que você só está dizendo que está escrevendo

> não eu escrevi mesmo

■ ■ ■

> Estella o que vai fazer hoje à noite
> quer vir à minha casa e ver fotos de casamento?

> acho que não posso

> tudo bem
> eu nunca tive fotos de casamento mesmo
> porque nunca cheguei a me casar
> não sei se já te contei isso

■ ■ ■

> nunca mais eu quero ver um convite dizendo "reserve esta data"

> ah meu deussss
> Ela vem fazendo isso com você?

> SIM
> ou coisa parecida
> acho que sim
> porque eu fico recebendo fotos de vestidos
> de noiva de um número bloqueado

E o Vento Levou

cadê vc?

> Scarlett estou no trabalho
> Não posso ficar trocando mensagens agora

preciso de vc na serraria

> Scarlett estou com o bebê não posso mesmo ir à serraria

que bebê?

> Meu bebê.
> Beau. Meu bebê com Melanie.

adivinhe que espartilho estou usando

> Não vejo o que isso tem a ver com

não estou ;)

E O VENTO LEVOU

> Querida, eu estava vasculhando algumas coisas velhas esta manhã e encontrei a faixa de oficial de Charles Pensei que você gostaria de tê-la Então eu a dei a Mamãe para limpá-la e ela a entregará a você mais tarde

> quem é charles?

> Scarlett, como você é brincalhona!

> era aquele cara?

> Sei que te dói falar dele é por isso que você parece tão leviana em relação a isso e eu acho que é simplesmente maravilhoso da sua parte Mas você não precisa se mostrar corajosa comigo, Scarlett querida

> aquele cara do queixo?

> Sinto falta dele também

> adivinha o que fiz com meu vestido de luto?

> Mas eu sei que ele está olhando por nós – sempre

> fiz quatro combinações sem costas com ele

■ ■ ■

> mamãe
> mamãe vc tá acordada?

> O que foi, Scarlett?

> ainda sobrou aquela coisa de chocolate com as espirais?

> Não sei, Scarlett

E O VENTO LEVOU

> você pode verificar?

> Meu bem, vou pegar pra você assim que o médico me deixar sair da cama
> Ele diz que a tifoide está muito grave esta primavera

> e o que é tifoide?

> Não é nada
> Tenho um caso muito brando isso é tudo
> mas vou ficar bem, não se preocupe

> haha meu deus vc vai ficar tão magra
> já estou com 48 cm de cintura estou uma baleia
> e olha só eu falando daquela coisa de chocolate
> não me deixe comer nem um pouco!!!

> Está certo

> ok não mas falando sério me traga um pote
> mas só um

■ ■ ■

4 ligações perdidas

■ ■ ■

> ahhh meu deus ela não vai parar de LIGAR
> é tipo
> eu ñ sou parteira ok
> lamento que vc esteja "em trabalho de parto"
> de novo ou sei lá o quê
> também estou trabalhando nos campos colhendo
> algodão ou o que quer que esteja crescendo
> naqueles arbustos
> já tive quatro bebês, isso não é
> ABSOLUTAMENTE nada de mais

E O VENTO LEVOU

> Lamento, querida – sei que tenho sido muito chata durante tudo isso
> Vou tentar o Dr. Meade de novo.

> ah meu deus
> quem é?

> Ora, é a Mellie, querida!
> É a sua Mellie

> ah oiii

> Me faz bem quando você brinca comigo assim
> Todos os outros me tratam como se eu fosse me desmanchar, mas você não

> haha vou praí agora mesmo

...

> ashley
> ashley
> ashley
> ashley vc está aí?
> ashleyyyyyyyy
> (estou BÊBADA (de conhaque))
> lembra daquela vez em que transamos no celeiro?

> Scarlett, são quatro da manhã
> e eu tenho de me levantar daqui a duas horas
> pra administrar a serraria
> Por favor não me mande mensagens assim tão tarde

> ah eu vendi a serraria
> haha
> não te contei isso?

> Ah meu Deus.

E O VENTO LEVOU

> você sabia que as *pantalettes* estão fora de moda?
> é por isso que não estou usando
> :)

>> AH MEU DEUS

> ▪ ▪ ▪

> rhett
> rhett

>> Olá, Scarlett

> o que vc está fazendo?

>> Ainda na prisão, receio

> ARGH
> eu quero sair e ninguém pode ir comigo

>> Lamento frustrá-la, minha querida

> estou tão tão tão entediada

>> Entediada, minha querida? Com uma mente como a sua?
>> Aí está algo que nem mesmo eu posso imaginar.

> isso é uma piada?

>> Posso lhe assegurar que estou falando sério

> vc está zombando de mim
> é exatamente por isso que vc ñ é aceito

102

Edgar Allan Poe

> ei

> cadê você?

> oi

> cadê você?
> você está tipo duas horas atrasado
> é quase meia-noite

> não posso sair de casa neste momento

> seu carro está bloqueado?
> precisa de carona?

> não
> é como…
> tem esse pássaro

> tem um pássaro no seu carro?

EDGAR ALLAN POE

> não ele está pousado na minha estátua
> é como
> humm ele fica só olhando pra mim
> com aqueles olhos ardentes de pássaro
> sabe?

> o quê?

> olhos de pássaros incendiados
> sabe
> como quando um pássaro olha tanto pra você
> que você não consegue sair de casa

> isso
> não
> isso nunca me aconteceu

> bem está acontecendo que é uma loucura por aqui
> então eu tenho de ficar olhando pra ele
> pode levar um tempo
> ah e além disso eu adormeci lendo
> dormi por cerca de uma hora
> eu literalmente acabei de acordar
> e agora tenho essa coisa do pássaro pra resolver
> portanto não creio que vá conseguir ir até aí esta noite
> desculpe querida :)

procurar "Lenore" nos Contatos
Contato não encontrado

> ei vou chegar atrasado ao evento de Kim
> não posso sair de casa neste momento é sério
> mas reserve uma cadeira pra mim, ok?

> aquele pássaro ainda está aí?

> não
> rsrsrs que pássaro?
> ah
> sim
> mas não é essa a questão
> o pássaro está bem, não importa
> são os sinos

> os sinos?

> sim
> os sinos, sinos, sinos, sinos, sinos, sinos, sinos…

> que sinos?

> o retinir e tilintar dos sinos

> que sinos tem na sua casa?

> ah amigo que tipo de sinos NÃO tem aqui?
> aveludados sinos de casamento
> sinos dourados
> ruidosos sinos de alarme
> sinos de bronze
> sinos de terror

> sinos de terror?

> Todos os tipos de sinos
> a ira dos sinos
> o horror dos sinos
> os sinos de ferro
> soluçantes sinos, sinos, sinos, sinos, sinos, sinos, sinos, sinos, sinos

EDGAR ALLAN POE

> ok
> ok vou guardar um lugar pra você

isso claro guarde um lugar pra mim
eu com certeza vou chegar
só preciso esperar os sinos primeiro

> certo

■ ■ ■

procurar "Lenore Perdida" nos Contatos
Contato não encontrado

■ ■ ■

ei Virginia vai estar lá?

> qual Virginia?

a gostosa

> não sei de quem você está falando

a que está sempre doente
acho que ela está com cólera
ou tuberculose ou coisa assim

> a alta?

não

> a ruiva?

aquela cujo pai é irmão do meu pai

> sua prima Virginia?

rsrsrs ñ sei de que outra forma se tem primos
exceto tendo pais que são irmãos
portanto sim
ah

> eu não sei

EDGAR ALLAN POE

> guarde um lugar pra mim ao lado dela ok se ela for

■ ■ ■

> oiiiiiiiiiiiiiiiii

> Oi

> ok não fique com raiva de mim

> por quê?

> tenho a sensação de que você vai ficar com raiva de mim
> ou que você está com raiva de mim
> ou algo assim
> portanto não fique com raiva de mim

> você não vem

> não posso iiiir à coiiiiisa esta noite
> me desculpe

> você não pode sair de casa?

> ah meu deus
> eu NÃO posso sair de casa

> tenho a sensação de que isso está se tornando uma fixação pra você

> o que quer dizer?

> bem
> na semana passada
> você não podia sair de casa
> porque estava muito ocupado olhando um pássaro
> é a história do pássaro de novo?

107

EDGAR ALLAN POE

> oi
> uau
> oi
> uau
> eu não estava OLHANDO um pássaro
> de onde veio isso?
> o PÁSSARO
> é que não parava de OLHAR
> pra MIM

> ok

> essa é uma grande diferença
> qualquer um pode olhar um pássaro
> eu poderia ir observar um pássaro agora mesmo se quisesse
> poderia ir olhar o mesmo pássaro
> a porra do pássaro ainda está aqui
> não que você tenha perguntado

> acabei literalmente de perguntar

> vá se foder

> por que você não pode sair de casa?

> ah meu deus
> por onde mesmo COMEÇAR?
> tem um coração no chão
> e ele não paaaaara de bater
> mas isso não é o principal
> tem um gato com um olho só
> que fica me chamando de assassino

> bem
> você matou alguém?

> uau
> sabe o que você está parecendo neste momento?

EDGAR ALLAN POE

> estou falando como o gato?

> está falando como o gato de um olho só

> só estou perguntando porque você disse que tinha um coração no chão

> eu disse que HAVIA um coração no chão
> não que eu TINHA um coração no chão
> existem várias razões por que uma pessoa poderia ter um coração no chão
> não só por assassinato
> mas muito obrigado assim mesmo

A Ilha do Tesouro

> onde???
> você quer saber onde está o tesouro?
> eu ñao me importo
> eu nao me importo
> vou te contar

> Vai?

> vou te contar sobre tesouros
> vou te contar sobre todos os tesouros
> sobre os quais quero te contar

> Obrigado
> Muito obrigado
> isso poderia pôr fim às brigas entre os homens

> não mas Jim
> Jim Jim Jim Jim
> Ouça

> Estou ouvindo
> Estou pronto

> me escute
> o verdadeiro tesouro é a amizade, Jim
> você e eu somos o verdadeiro tesouro
> se pudesse renomear a Ilha do Tesouro
> eu a chamaria de a ilha do meu amigo jim
> eu faria isso

■ ■ ■

A ILHA DO TESOURO

> jim
> jim me ajude a lEMbrar
> quantas pernas você tem

> John...

> não não não não sim
> quantas pernas
> você tem sob o corpo
> tipo pra andar

> Sinto muito
> Eu não devia ter tocado nesse assunto

> são duas?
> porque se forem duas

> sim

> uma delas é UMA VARA?

> são duas

> então me parece que você é um Jim SORTUDO

■ ■ ■

♦

> DOCE CRISTO
> A PINTA PRETA

> ahahaha

> Isto é uma piada pra você?
> Você ri?
> Esta é a minha sentença de morte

A ILHA DO TESOURO

> que magia negra é esta?
> como você achou este símbolo?

> é um emojiiii

> ei jim

> sim?

> existem MUITAS coisas que você pode enterrar sabe não só tesouros

> o que você anda enterrando?

> nadaaaaaaa

> o que você enterrou?

> ñ sei
> o que você não pode enterrar jim?
> só estou dizendo que se você quiser enterrar algo além de um tesouro provavelmente pode
> o que está fazendo neste momento jim?
> ei pode pesquisar uma coisa pra mim?
> quanto tempo os pássaros vivem especificamente os papagaios

112

jim
jim
jim
jim
jim vc está acordado
jimmmmmmm
jimmy dorminhoco eu tenho
eu tenho de lhe dizer uma coisa
você não pode isolar os seus problemas jim
esse é o seu problema
jim você pode isolar algumas pessoas às vezes
e você pode isolar todas as pessoas às vezes
espere isso não está certo
porque se você isolar todo mundo
então não estará de fato isolando
porque todos estarão lá juntos
olhe jim
Jim cala a boca
a questão é
a questão é que você não pode continuar a isolar seus sentimentos
seus problemas
quaisquer que sejam
meu problema é que uma das minhas pernas
é um pedaço de pau
além disso tenho todo esse tesouro que roubei
mas o seu problema é
que você tem problemas de verdade jim sortudo
está acordado?
estou indo até aí aposto que está acordado

Parte II
E o Vento Levou

> Prissy
> faz horas que os homens se foram
> e não há ainda o menor sinal das O'Haras
> como foi que você conseguiu?

> bem eu tive de ganhar tempo, sabe
> pra que Sam e os outros pudessem trocar
> seus uniformes de confederados
> e fugir
> então eu disse a ela
> que ajudaria com o bebê
> quando chegou a hora da Melanie

> Você não fez isso!

> Fiz
> mas então você não sabia disso?
> acontece que
> eu não sei nada sobre trazer bebês ao mundo

> você é terrível

> Receio que eu não tenha sido muito útil
> e que tenha retardado as coisas um bocado

> Prissy, você é uma maravilha

> Experimente espalhar sal nos campos antes
> de plantar o algodão este ano, Srta. O'Hara

> Prissy!

> Sabe, suponho que Scarlett estivesse certa
> Os ianques não poderiam tomar Tara
> e os oportunistas não poderiam tomar Tara
> Mas eu poderia

"O Papel de Parede Amarelo"

> Boneca
> não pude deixar de notar
> que o portão no alto da escada estava aberto

> Hã?

> o que me sugere
> que um certo alguém
> tem ido ao andar de baixo
> você sabe quem pode ser?

> Ah querido
> Ah John, sinto muito
> eu chamei mas você não estava em casa
> não havia ninguém em casa
> e eu estava com tanta sede

> Querida
> você sabe que ir ao andar de baixo a deixa histérica

> Eu sei

> A isso se chama cura por repouso, meu amor
> Não cura por descer escadas

> Você está certíssimo

> é melhor você ficar na cama agora
> ou alguém vai perder o privilégio de ficar sentada na cama

"O PAPEL DE PAREDE AMARELO"

> me desculpe

> minha patinha

■ ■ ■

> John
> não posso ir lá fora só um pouquinho
> só uma volta no jardim
> só por um momento?

> por que você tem de pedir a lua?
> você sabe que eu queria poder dá-la a você
> mas seria o mesmo que lhe dar veneno
> uma volta no jardim é a última coisa de que você precisa
> poderia pôr a perder tudo que você já conquistou,
> essa volta no jardim

> eu simplesmente não suporto mais nem um minuto
> olhando estas mesmas paredes

> tudo pode acontecer a uma mulher em um jardim

> Este papel de parede
> é estranho
> não o suporto mais

> receio que, como médico,
> não posso aconselhá-la a ir até o jardim
> ele é cheio de humores noturnos e correntes de vento
> qualquer um destes poderia causar várias coisas ao seu
> sistema nervoso para não falar dos cristais de ácido úrico
> isso simplesmente arruinaria o seu sangue

> está certo

> receio que não possa permitir

> está certo

"O PAPEL DE PAREDE AMARELO"

> mas posso pedir à Enfermeira que lhe traga
> uma tigela de mingau de araruta
> que é quase tão bom quanto
> não é?
> uma tigela de mingau de araruta é quase
> tão bom quanto uma caminhada

> está certo

■ ■ ■

> Que nome você acha que devemos dar à criança?

> Ah, John, fico tão feliz que você tenha perguntado
> sinto falta de falar com alguém
> e espero que o bebê esteja bem
> tenho pensado muito nele nesses últimos meses

> ah desculpe, querida
> isso não era pra você
> pretendia enviar para Williams
> de qualquer maneira acho que
> encontramos um bom nome pra ele

> É um menino?
> Eu tive
> Nós tivemos um garoto?
> Qual o nome dele, querido?
> John?
> Qual o nome dele?

> Vou lhe dizer uma coisa, minha querida
> Você foi muitíssimo boa esta semana
> e acho que merece um mimo

> O que é?

> você pode ter todo o ar que quiser
> eu sei
> vou estragar você

"O PAPEL DE PAREDE AMARELO"

> então você vai abrir uma das janelas?
> eu adoraria ver o céu novamente

> Bom Deus, não
> nada de ar FRESCO
> Santo Deus
> quer pegar uma pneumonia?

> Mas é verão, John
> com certeza não pode ser assim tão ruim no verão

> O verão é a pior época pra pegar pneumonia
> o corpo simplesmente não está esperando
> Aí quando você se dá conta
> seu estado fica tão grave que faz uma febre tifoide
> parecer uma bebedeira
> E aí como você ficaria?

> Não tenho certeza
> como eu ficaria?

> Nada bem
> Isso eu posso lhe garantir
> nada bem, do ponto de vista médico
> não, vou deixar o ar entrar no andar de baixo e então subir
> Volte a dormir

> Passei a manhã inteira dormindo
> e a noite toda antes dela
> Não posso dormir mais
> Vou enlouquecer se tentar ficar parada mais uma hora

> ah é assim que você sabe que precisa de descanso
> somente uma mulher verdadeiramente sonolenta diria isso

. . .

"O PAPEL DE PAREDE AMARELO"

> John já percebeu um cheiro amarelo na casa?
> Estou sentindo um cheiro amarelo

> Cheiro amarelo?
> Particularmente não
> Pode ser algum tipo de miasma
> Vou acabar com o jardim por via das dúvidas
> e colocar grades extras nas janelas

■ ■ ■

> querido
> sabe os pesadelos com as bruxas
> de pescoço quebrado e olhos revirados
> no papel de parede?

> as... o quê?

> você sabe a que eu me refiro, John querido
> elas se contorcem naqueles furtivos e abomináveis padrões?

> santo Deus

> Bem elas começaram a cantar em uníssono

> o que aconteceu com você sozinha lá em cima?

> Ah, não se preocupe, amor
> eu sei como aquietá-las
> sei como fazê-las parar sua dança da agulha
> Elas me prometeram que
> assim que eu fizer o que querem
> vão voltar a ficar em paz
> Portanto não há nada com que se preocupar!
> Vou descer já, querido
> vou descer finalmente

O Morro dos Ventos Uivantes

- olá pessoal
  - Pai!
- sim sim olá
  - você vem pra casa hoje à noite?
- sim
  - ah que esplêndido
- vou levar alguém comigo
  - hã?
- um garoto sem-teto
  - ah
- eu o encontrei em Liverpool
  - foi?
- e o estou adotando
  por razões que posso lhe assegurar são totalmente saudáveis
  - está?
- razões perfeitamente boas, saudáveis, normais
  - sei

O MORRO DOS VENTOS UIVANTES

> ele não é meu filho nem nada disso
> tampouco alguma espécie de filho ilegítimo
> que estou acolhendo
> ele não é MEU, entenda

> certo

> só o estou adotando
> não importa como o encontrei ou quem é sua mãe
> ou que cartas minhas ela tenha ou não tenha
> não vamos fazer nenhuma pergunta sobre o garoto
> daqui em diante
> meu filho amado, especial, favorito
> que adotei e de quem certamente não sou o pai
> agora seremos cinco em casa!!!
> (com o garoto)
> (o nome dele é Heathcliff!!!)
> (vocês vão AMÁ-LO)

■ ■ ■

> meu deus eu te amo cathy

> eu também te amo
> te amo tanto
> deus
> que dói o quanto eu te amo

> eu te amo tanto
> vamos partir o coração um do outro

> ah meu deus vamos
> eu te amo tanto que vou me casar com edgar

> eu te amo tanto que vou fugir daqui

> eu te amo tanto que vou adoecer de propósito

125

O MORRO DOS VENTOS UIVANTES

> eu te amo tanto que vou voltar e me casar com sua cunhada

> meu deus sim

> e vou financiar o alcoolismo do seu irmão

> eu sempre esperei que fizesse isso

> aaaaaaargh

> você sabe quem eu odeio?

> todo mundo?

> TODO MUNDO

> eu te amo TANTO
> que vou escrever seu nome nos meus livros todos e então
> vou ter o filho de outra pessoa e depois MORRER

> sim
> cathy sim isso é perfeito
> vou sequestrar sua filha um dia
> e não vou permitir que seu sobrinho aprenda a ler
> de tanto que eu te amo
> e vou gritar no seu túmulo
> e vou alugar o seu quarto
> para um sujeito de Londres

> ah meu deus obrigada
> muito muito obrigada
> vou amar você tanto
> que vou me tornar um fantasma

> estou tão feliz de ouvir isso
> estava esperando que dissesse isso

O MORRO DOS VENTOS UIVANTES

> mas nunca vou assombrá-lo
> só o sujeito que veio de londres

parece perfeito
fico tão animado de ouvi-lo falar sobre como é o seu fantasma

> ah meu deus
> o que você vai gritar no meu túmulo?

ah puxa
a questão é o que eu não vou gritar no seu túmulo
vou gritar tudo
vou gritar pra sua alma

> ótimo ótimo

vou gritar sobre a megera que você foi

> estou tão excitada
> eu vou simplesmente
> derrubar céus com meus gritos em resposta a você

é tão doce da sua parte fazer isso

> eu vou simplesmente assassinar o coração de todos

espero que seu fantasma me enlouqueça ☺

> eu te amo da mesma maneira que as pedras amam as florestas

eu entendo perfeitamente o que você quer dizer

> eu te amo como amo o que há dentro do meu próprio cérebro

ah meu deus isso é tanto amor

> eu seeeeei
> você quer transar agora?

Mulherzinhas

> MEG
> MEG
> MEG O QUE É ISSO TUDO?
> O QUE É ISSO TUDO QUE ESTOU OUVINDO SOBRE VOCÊ SE CASAR?
> me diga que é uma mentira infeliz

> Jo não sei quantas vezes mais precisamos ter esta conversa

> Vou tê-la MIL VEZES se for preciso

> mas sim
> ainda vou me casar com John amanhã

> AH GRANDE DEUS DE TRÊS CORNOS

> exatamente como eu planejava ontem

> isto é intolerável

> e também no mês passado

> me responda, então
> quem exatamente você acha que vai fazer a Misericórdia quando apresentarmos minha versão de *O Peregrino* neste verão?
> escrevi aquele papel para VOCÊ
> escrevi lindamente na verdade

> eu não sei, querida

> ela tem uma cena ótima com o vilão Rodrigo onde ele tenta envená-la e ela grita e desmaia e tudo mais

MULHERZINHAS

> eu não lembro de ninguém chamado Rodrigo em *O Peregrino*

> ISSO NÃO TEM A MENOR IMPORTÂNCIA MEG

> eu sinto muito

> essa produção vai ficar arruinada

> por que você não chama Amy?

> não vou nem me dignar a responder a isso

■ ■ ■

> Você ainda tem três horas para mudar de ideia
> podíamos fugir e virar piratas
> ou simplesmente usar culotes

> mas eu o amo, Jo

> aaaaargh
> eu nem consigo entender quando você fica histérica assim

> eu o amo e quero me casar com ele – isso é tudo

> você agora só está de falatório
> é pura bobagem

> vamos morar um pouco mais adiante na estrada, francamente
> vai ser como se eu nunca tivesse ido embora no fim das contas

> ele tem um cavalo?
> essa é a razão de tudo?
> ele tem uma espada ou uma ferrovia
> ou um
> um belo chapéu ou algo assim?

MULHERZINHAS

> não, não é por nada disso

> espero que você saiba que está desmantelando a família

> eu queria muito que você não visse as coisas assim

> um lar desfeito
> é disso que eu venho agora
> um lar desfeito

> não é assim que se diz quando sua irmã se casa

> então por que a sensação é de que está desfeito, Meg?
> por que a sensação é de que está desfeito?
> esta é a pior coisa
> que já aconteceu
> a alguém
> desde que Papai morreu

> Papai não morreu, Jo!

> ah
> não morreu?
> por alguma razão pensei que tivesse morrido

> não
> ele vai estar em casa daqui a algumas semanas

> Ah
> você acha que ele vai querer o sobretudo velho
> e as botas de montaria
> e o equipamento de barbear
> e a cartola
> quando voltar?

MULHERZINHAS

> eu acho que ele vai querer

PENDURE TUDO

■ ■ ■

LAURIE
eu odeio tudo
você sabia que Meg não me deixou nem
acender fogos de artifício no seu casamento

> eu não sabia disso

nem um único e solitário fogo de artifício
nem mesmo um buscapé
ela não me deixou nem desafiar os padrinhos
para uma prova de força

> bem receio que isso seja bastante comum
> isto é, não ter a dama de honra lutando na festa de casamento

ENTÃO EU NUNCA VOU ME CASAR

> tudo bem

imagine ter de me casar sem uma velinha romana
não vou fazer isso sabe
não vou viver nesse tipo de mundo

> tudo bem, Jo

vou me matar e a todos vocês
mas não vou viver nesse mundo

■ ■ ■

MULHERZINHAS

> amy?

> sim?

> amy vou morrer esta noite

> ah beth
> Não

> sim é certo que estou morrendo
> ah é terrível o quanto estou morrendo neste exato momento

> mas
> do que exatamente
> do que você está morrendo?

> esta agulha de costura
> ela é tão pesada

> bem
> largue-a então

> a janela
> é tão
> tão clara

> a janela está matando você?

> ela é tão cheia de vidro

> sei

> é só vidro nela toda
> não sei como você suporta isso

MULHERZINHAS

> ah
> eu dou um jeito

> não acho que eu vá conseguir sobreviver a esta noite

> bem eu estarei aqui se precisar de mim

> e pensar que um dia eu pus o pé fora de casa
> pra ficar no sol

> sim, eu lembro daquele dia

> que garota forte e temerária eu era então

■ ■ ■

> querido Laurie
> queridíssimo Laurie
> com certeza a essa altura você sabe
> que não posso me casar com você
> eu sinto tanto
> por favor tente me perdoar

> Jo
> é claro que vou respeitar sua vontade
> mas por quê?
> não existe ninguém que te conheça melhor

> eu sei disso

> nós nos divertimos tanto juntos

> nos divertimos sim!

> e você me é tão querida
> e alegre

MULHERZINHAS

> e inteligente
> mais inteligente do que eu pelo menos
> e eu
> eu te amo de verdade
> muito mesmo, Jo

> Laurie, não posso
> por favor não me peça outra vez

> não posso deixar de pedir

> e eu não posso te dar outra resposta que não

> tudo bem
> tudo bem

■ ■ ■

> Ah Meg, querida
> acabou tudo
> Beth está com Papai agora

> Jo, Papai ainda não está morto

> é mesmo?

> eu o vi não faz quatro horas

> podia jurar que ele morreu no mar
> ou em algum outro lugar

■ ■ ■

> Jo, me desculpe pelo que eu disse no outro dia
> eu sei como você se sente em relação ao casamento
> e... e tudo

MULHERZINHAS

> Ah, Laurie
> está tudo bem

>> você nunca vai se casar com ninguém
>> sua literatura é importante demais
>> isso vem em primeiro lugar

> ah

>> eu a admiro de verdade por isso, admiro mesmo
>> você vai fazer coisas tremendas

> é muita gentileza sua dizer isso

>> e eu me considero uma pessoa de sorte
>> por te conhecer
>> verdade, Jo
>> seremos velhos solteirões juntos
>> você e eu

> bem
> ah
> a questão é, meu amigo

>> administrando um rancho de gado
>> em algum lugar do Oeste

> é que eu vou me casar afinal
> conheci alguém, quero dizer
> por favor compreenda essa nunca foi minha intenção
> ele é o homem mais maravilhoso
> é muito velho
> muito mais velho que eu

>> ah

MULHERZINHAS

> ele é alemão
> muito alemão
> tão alemão que de início é difícil compreender quando ele fala

> e você vai casar
> com ele
> e você
> você vai se casar com ele quero dizer

> o bigode dele é enorme
> farto e grisalho e coberto de migalhas
> ele todo é coberto de migalhas
> ele é imundo haha

> bem parece

> ah e ele simplesmente odeia meus textos
> critica o meu trabalho sem parar

> entendo

> eu realmente não consigo expressar
> o quanto ele desaprova minha voz como escritora
> quer que eu mude tudo nesse aspecto

> bem
> como posso competir com isso?

> exatamente
> por favor não se culpe

Parte V

> querido não é minha intenção criticar mas você magoou mesmo os sentimentos do seu pai ontem à noite

> ele não é meu pai de verdade por que você gosta dele?

Henry David Thoreau

> vou para a floresta ok?

>> ok

> vou viver deliberadamente
> com fatos essenciais
> vou sugar toda a seiva das árvores

>> ok

> portanto não me siga

>> quanto tempo você vai ficar fora?

> não sei
> o tempo que for preciso para viver deliberadamente
> portanto talvez alguns meses
> ou talvez vá viver para sempre numa cabana

>> bem
>> fico feliz por você

> posso usar sua cabana?

>> quer morar na minha cabana?

HENRY DAVID THOREAU

> bem, eu não tenho uma cabana
> preciso ser autossuficiente
> portanto preciso usar sua cabana

■ ■ ■

> ei você se importa se eu trouxer alguns amigos aqui na cabana?

> como é que está por aí?
> você está vivendo deliberadamente?

> é, bem deliberadamente acho
> mas é bem chato aqui sem amigos

> acho que sim
> desde que você mantenha tudo arrumado
> não tem espaço para muitas outras pessoas

> não claro claro claro
> somente os alcotts
> e os hawthornes
> e ellery já está aqui

> ele está?

> sim ele dorme no chão perto de mim
> além disso as pessoas estão sempre parando aqui pra me ver
> e a minha cabana autossuficiente

> você quer dizer a minha cabana autossuficiente

> a cabana autossuficiente
> de qualquer maneira
> convidei muitas delas pra passar a noite também
> quanto mais pessoas mais alegre fica – esse é o meu lema
> somente eu e o solitário sussurro do vento entre os juncos
> e também os alcotts e os hawthornes
> e meu melhor amigo ellery
> e qualquer outro que aparecer por aqui

HENRY DAVID THOREAU

> isso é
> muita gente

vinte e cinco ou trinta almas, com seus corpos,
ao mesmo tempo sob o meu teto
aproximadamente

■ ■ ■

ei você quer vir aqui?
acabei de roubar umas tortas

> o quê?

uma senhora deixou umas tortas na varanda
então eu as peguei
autossuficientemente

> eu não acho que isso seja muito autossuficiente

bem eu não acho que você seja muito
cala a boca e venha pra cá
venha pra maldita floresta

■ ■ ■

sabe o que eu acho corajoso?

> o quê?

martas
e ratos almiscarados
muitíssimos corajosos
não como a grande massa da humanidade

> o que há de tão corajoso neles?

você não ia entender
ei você traria um pouco mais de melado se voltar amanhã?
fiquei completamente sem

HENRY DAVID THOREAU

> de quanto melado você precisa?

eu não sei
obviamente
é claro que se eu soubesse desde o início
não precisaria de mais agora
portanto acho que "mais" é a resposta

> por que você não vem até aqui?
> assim pode comprar todo o melado que precisar
> e pode ficar na cidade por algumas noites
> acho que talvez essa seja uma boa ideia

de jeito nenhum homem
de jeito nenhum
sua vida é uma concha vazia
sem ofensa mas eu preferia morrer a ficar na sua casa
simplesmente traga o melado quando vier amanhã
e também mais alguns sapatos porque perdi o último par
e alguns livros
e canetas eu preciso de canetas
mas é só isso
e um tanto de feijão
isso é certo

■ ■ ■

você sabe quem é a minha família ralph?

> quem?

esses esquilos
esses esquilos e aquele corvo lá adiante

> o corvo na chaminé?

NÃO
não aquele
deus eu odeio aquele lá
ele não faz parte da minha família
ele é um grande babaca

Daisy Miller

> ei daisy
> você está tão bonita com esse vestido verde hoje!!
> fico tão feliz que você o esteja usando

> obrigada!

> pergunta rápida
> você ia usá-lo assim
> pro jantar?

> eu ia
> Sim

> ou isso é tipo
> uma "piada"
> pensei que talvez fosse uma piada

> não

DAISY MILLER

> o que te faz perguntar?

ah meu deus
não é por nadaaaa
perguntei por perguntar
está tão bonito em você
e acho que você é supercorajosa por usá-lo

> corajosa?
> por que corajosa?

hahahahaha você é tão BRINCALHONA
você e esse vestido verde
não que eu fosse chamar isso de vestido
te vejo no jantar!!!
vejo você e também esse vestido, acho, no jantar!!

A Ilha do Dr. Moreau

o que você acha que aconteceria
se você misturasse uma hiena com um homem?

eu

tipo misturasse seus corpos digo

o quê?

tipo se os cortasse e então os esmagasse e depois
os costurasse de volta

eu não sei
que tipo de pergunta é essa?

aposto que muita coisa aconteceria

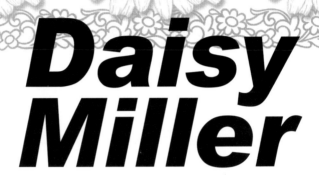

Daisy Miller

Parte II

> oi Daisy

> oi

> então acho que tenho de te dizer uma coisa
> normalmente eu não diria nada mas acho que somos amigas agora

> que gentileza sua

> seja como for só achei que você devia saber
> que tem alguém em Vevey andando por aí
> se fazendo passar por você
> um tipo meio… despudorado

> despudorado?

> o que eu quero dizer é que
> na noite passada a Sra. Sanders viu
> uma mulher vestida exatamente como você
> jantando
> num restaurante

DAISY MILLER

isso é tudo?

um restaurante com garçons HOMENS

ah

naturalmente eu disse a ela que não poderia ser você
e que você cometeria suicídio antes
de comer de um prato que um homem estranho
houvesse tocado

é muita gentileza sua
mas receio que tenha sido eu mesma quem ela viu

ah

sabe em Nova York comemos de pratos
servidos por todo tipo de garçom
o tempo todo

ah meu deus
que divertido para você
Nova York parece tão
parece tão
falamos mais tarde

tchau então

tchaaaau

Os Miseráveis

> onde você está?

> já já eu vou
> essa barricada vai ser um ACONTECIMENTO e tanto vocês não comecem sem mim
> estarei a caminho daqui a uns cinco minutos

> Marius
> me preocupa que você não compreenda de fato a razão de nosso movimento

> ah meu deus
> o que você quer dizer?

> às vezes eu questiono seu compromisso com a causa

> como você pode sequer questionar isso?

> não sei, Marius
> talvez seja porque você tenha perdido todos os nossos confrontos com a polícia
> porque você ainda estava estudando pra prova da ordem

> pra derrubar o sistema de dentro pra fora!

OS MISERÁVEIS

> Marius
> seu pai é um barão
> Ele é um barão de verdade

> bem
> é só um barão de Napoleão

> mas ainda assim um barão

> bem, quando você fala assim

> como foi que eu falei?

> eu não sei
> é só a maneira como você falou

. . .

> você vem ou não?

> com certeza eu vou claro

> pergunta rápida
> posso levar minha namorada?

> ah meu deus

> ela adora barricadas
> vai ser ótimo
> você vai adorá-la
> o pai dela esteve na prisão portanto
> ela compreende tudo completamente
> se é que você me entende
> como AS LUTAS
> espere ou ele é um tira
> não consigo lembrar
> ele com certeza já esteve na prisão
> ou como tira ou como preso
> haha prisioneiro
> "preso"

OS MISERÁVEIS

> DE QUALQUER MANEIRA
> estou a caminho agora
> ah espere vocês querem que eu leve alguma coisa??

> Marius
> você poderia
> em suas próprias palavras
> explicar pelo que estamos lutando, acha que pode?
> apenas como um favor pra mim

> haha que pergunta mais boboca
> seu bobo
> pela REVOLUÇÃO

> sim exatamente
> mas você pode listar pra mim
> um ou dois dos objetivos ou metas
> da revolução?

> rebelar-se

> certo certo
> num sentido amplo essa é a meta de todas as revoluções
> você pode ser só um pouquinho mais específico?

> hã
> o direito ao trabalho
> não
> o direito de parar de trabalhar
> ninguém tem muitos empregos
> alguma coisa sobre empregos
> e… votar??
> são os huguenotes
> não
> ahhh hã hã hã
> tem pão demais
> todo mundo está cansado de pão

OS MISERÁVEIS

> ah meu deus

Napoleão está de volta
Napoleão tomou o pão de todo mundo
juro por deus que sei isso

■ ■ ■

> marius onde você está?
> estou na barricada com seu bilhete

desculpe celular novo quem é

> é éponine

ahhhhh oii gata
estou fora agr
comprando pulseiras para cosette
então não posso conversar

> ah

você pode esperar aí um pouco?

> se eu conseguir encontrar abrigo contra as balas

incrível
ei que pulseira você acha que cosette ia gostar mais
a com diamantes
ou a com diamantes MAIS rubis?

■ ■ ■

ei amor
cosette
amor

> oi ☺

OS MISERÁVEIS

> o que o seu pai faz
> tipo
> para a cadeia?

> o quê?

> quero dizer assim
> seu pai esteve na cadeia certo?
> ele é como um revolucionário ou
> um assassino ou algo assim?

> não

> merda
> acho que foi outra pessoa

> outra pessoa?

> ah meu deus gata não
> eu só quis dizer que o pai de outra pessoa
> deve ter ido pra cadeia

> ele foi pra cadeia sim

> ah exatamente
> exatamente
> é isso mesmo com certeza

> mas não por assassinato

> ah incrível
> meus pais vão ficar tão aliviados
> Enjolras, porém, vai ficar chateado
> ah gata já que estamos aqui
> você prefere uma lua de mel na Riviera
> ou algo como rodar o mundo num balão de ar quente?

OS MISERÁVEIS

> ainda não pensei nisso

> será que devemos tomar alguma decisão antes da revolução?
> hummm provavelmente não
> vamos só dizer PROVAVELMENTE rodar o mundo num balão de ar quente
> mas vamos ver o que acontece primeiro
> no que se refere a revoluções
> que caia esse maldito Luís XVI!!!

> isso já aconteceu

> o quê?

> já derrubamos Luís XVI na primeira revolução nos anos 1700

> espere então não temos mais um rei para derrubar?

> temos um rei diferente agora

> qual o nome dele?

> Luís Filipe

> ah meu deus quantos caras chamados Luís existem?
> não é de admirar que haja uma revolução
> AH
> gata
> quer ir comigo pra revolução??
> pode ser meio sem graça mas
> a gente pode ir embora quando quiser
> e eu sei que tem alguma coisa acontecendo depois
> assim podemos apenas dar uma passada lá
> se quisermos

Um Conto de Duas Cidades

> Dr. Manette
> Eles o levaram
> eles o levaram e eu não
> sei pra onde ele foi

> Levaram quem, minha querida?

> Charles
> Charles, é claro
> Ele está na Bastilha
> as coisas que estão dizendo sobre ele
> são terríveis
> o que vamos fazer, o que vamos fazer?
> temos de salvá-lo

> Não se preocupe pequena
> sei exatamente o que fazer
> vou fabricar sapatos

Rudyard Kipling

> estou entediado
> vamos abater alguma coisa

> ok
> O quê?

> não importa
> um tigre
> ou um huguenote

> o que é isso?

> eu quis dizer um rinoceronte

> ah
> Ok

> haha deve ter sido o corretor ortográfico
> é ilegal caçar homens
> mas é excitante

> o quê?

> eu disse que é ilegal
> e também
> execrável
> execrável foi a segunda palavra que eu disse

Daisy Miller

Parte III

Daisy
tem um castelo mais acima na colina
que eu quero que você veja
é absolutamente lindo nesta época do ano
por favor diga que virá
vamos andar pelas muralhas juntos
e procurar lilases crescendo entre as pedras

ah que lindo
seria um prazer

ah meu deus
você ia mesmo fazer isso
você ia a um castelo sozinha comigo

não estou entendendo

não me espanta
sua vagabunda

157

Daisy Miller

Parte IV

escute
Daisy
ou você foge comigo neste minuto
ou veste um maldito xale
você tem os ombros nus da puta de um sultão

O Sol Também Se Levanta

> Brett
> Brett você recebeu aquela foto que te mandei?

> recebi, sim

> a foto do meu pênis, é dela que estou falando

> sim

> Brett
> adivinha quanto do meu pênis ainda me resta
> você sabe
> depois do meu acidente
> depois do acidente com o meu pênis

> eu não quero fazer esse jogo, Jake

> não vamos lá adivinha

> eu não tenho plano de dados ilimitado
> essas mensagens são meio caras pra mim

> vou te dar uma pista:
> é com certeza ALGUM

■ ■ ■

O SOL TAMBÉM SE LEVANTA

no bar
vc está vindo
brett
brettttttttttt
brettica
brettizinha

ah meu deus sim
me dê dez minutos

ok
Maravilha

estou levando Cohn comigo

aaaaaaaaaaaaaaaaaaaaaaaaaaaaaaaaaaaaaaaaaargh

Jake

aaaaaaaaaaaaargh

você não é o dono do bar
ele pode ir ao bar se quiser

não mas brett
brett escuta
foda-se aquele cara

estaremos lá em dez minutos

pergunte a ele se quer ir comigo pra espanha amanhã

está falando sério?

aaaaaaaaaah sim
eu não quero ir pra espanha sozinho brett
é tão sem graça
quem é que vai pra espanha solzinho?
haha
solzinho

O SOL TAMBÉM SE LEVANTA

> ok tudo bem vou perguntar

> até mais
> solzzzzzinho
> ei vou te mandar rapidinho uma foto do meu pênis

> por favor não

> não está tudo bem vai ser super-rápido

■ ■ ■

seis ligações perdidas

■ ■ ■

> brett
> brett você recebeu minhas mensagens?
> brett eu sinto muito
> eu sinto tanto que jamais possamos fazer sexo
> ah meu deus eu sinto muito
> vou ligar de novo pra você por via das dúvidas

■ ■ ■

> é tão terrível que você não possa fazer sexo comigo
> eu lamento muito
> é por isso que você se sente tão perdida brett
> brett você não pode continuar vivendo assim
> frequentando bares e viajando
> fazendo amizade com judeus
> ah meu deus ele é tão judeu
> e fazendo sexo com homens que gostam de você
> isso está te matando brett
> está te matando por dentro eu posso ver
> espera aí eu tenho de vomitar vou ligar pra você
> ah merda estou vomitando tanto
> e vamos todos morrer um dia
> e você nunca nem vai fazer sexo comigo

Agatha Christie

temos de descer do trem imediatamente

meu deus
qual é o problema?
houve um assassinato?

ainda não
mas acredito que deixaram um JUDEU embarcar
diga àquele garoto árabe que pegue nossa
bagagem imediatamente

O Grande Gatsby

> Niiiick
> Você se dá conta de que não vejo mais você?
> Sinto falta da sua companhia
> muito mesmo

> Também sinto falta de você Daisy

> Vamos sair AGORA MESMO

> Agora?

> Agora seria o melhor momento!

> Está muito tarde

> Vamos só ser espontâneos ok?
> Venha me buscar para fazermos alguma loucura

> Onde você está?

> Eu diria com toda certeza no vale das cinzas
> perrrrrto da estrada
> mas não exatamente nela

> O que está fazendo aí?

O GRANDE GATSBY

> haha você hoje está
> cheio de perguntas

> Eu só estou querendo saber
> por que você quer sair
> assim de repente
> à meia-noite
> no vale das cinzas
> dá a impressão de que talvez
> você só queira uma carona

> ah meu deus
> como você pode dizer isso?
> por que é tão mau comigo?

Daisy Miller

Parte V

> você viu a Daisy hoje?

> acho que ela saiu com aquele cara

> que cara?

> o italiano
> você sabe
> não consigo lembrar o nome

> ela tem amigos italianos?

> sim

> ecaaaa

> eu sei

> deixa pra lá
> esqueça que perguntei

> aaaaah

> certo

J. Alfred Prufrock

> quer sair hoje à noite?

>> pra onde?

> ñ sei
> tipo um hotel barato pra uma noite
> ou talvez um daqueles restaurantes com serragem

>> Restaurantes com serragem?
>> Daqueles com casca de amendoim no chão?

> com conchas de ostras

>> Conchas de ostras no chão?

> vamos ter uma discussão enfadonha nas ruas

>> você andou bebendo?

> o céu está tão bonito esta noite
> como um paciente anestesiado na mesa

>> estou indo pra aí
>> estou preocupado com você

> tem fumaça amarela nas vidraças

>> Que tipo de fumaça?
>> Você deixou o fogão ligado?

> está se enroscando em volta da casa toda

>> Você precisa sair da casa

J. ALFRED PRUFROCK

> ah já está deslizando ao longo da rua

> Saia da casa agora estou indo praí

> vai dar tempo
> vai dar tempo pra você e pra mim

■ ■ ■

> eles falam isso eu sei que falam
> todos eles falam

> francamente eu acho que você está sendo paranoico

> "Mas os braços e as pernas dele são finos!"

> Ninguém fala isso de você

> Ou o quanto estou ficando calvo

> Seu cabelo está ótimo

> Vocês todos estão falando isso
> acham que não posso entendê-los porque
> estão falando sobre Michelângelo
> Mas eu sei o que estão falando de mim

> Eu gosto dos seus braços e das suas pernas
> Gosto do seu cabelo do jeito que ele é

> Você gostaria de me ver pregado por
> um alfinete na parede, me contorcendo

> Eu nunca disse isso
> é uma coisa horrível de se dizer

> Eu queria ser garras
> Queria ser só um monte de garras

> como um caranguejo?

167

J. ALFRED PRUFROCK

> não
> somente garras
> rasgando tudo com minhas garras
> vivendo debaixo d'água
> podemos voltar àquele restaurante das ostras?

> depende
> você vai fingir ser um par de garras e rastejar
> de um lado pro outro no tanque das lagostas?

> você vai me levar até lá ou não?

> S'io credesse che mia risposta fosse
> A persona che mai tornasse al mondo,
> Questa fiamma staria senza piu scosse

> você sabe que eu não falo italiano

> Ma perciocche giammai di questo fondo

> Não faço a menor ideia do que você está dizendo
> portanto me avise se mais tarde quiser falar na nossa língua

> desculpe celular novo
> quem é?

> Eu te disse que eles me odiavam
> Eu te disse que podia ouvir as vozes deles morrendo de repente

> não creio que eles o odeiem
> acho apenas que ficaram surpresos em vê-lo vestido assim

> Sempre me odiaram

J. ALFRED PRUFROCK

> Eu só não acho que estivessem esperando ver você entrar gritando
> "Eu sou Lázaro, vindo dos mortos, voltando pra contar tudo a vocês"

> bem me desculpe
> Desculpe por eu não ser o Príncipe Hamlet ou o que for
> Desculpe por ser um objeto útil

> Ninguém acha que você é um objeto
> é só uma coisa estranha de se fazer em um jantar

■ ■ ■

> o que você está fazendo agora?

> trabalhando

> ótimo ótimo
> isso é ótimo
> você acha que eu devia comer um pêssego?

> o quê?
> agora?

> sim

> você quer comer um pêssego?

> ñ sei
> sim

> então você deve comer o pêssego

> está bem
> você pode me dar uma carona?

> neste momento?

> sim

> estou no trabalho

> eu sei

> você precisa de uma carona pra onde?

169

J. ALFRED PRUFROCK

> pra loja

>> que loja?

> eu preciso de um pêssego

>> pode esperar?

> na verdade não
> tem tipo
> um bando de sereias aqui
> e elas com certeza me odeiam

>> não sei onde fica essa loja

> podemos voltar àquele restaurante de ostras?
> talvez eles tenham pêssegos

>> Não posso sair do trabalho pra ir comprar um pêssego pra você agora

> está tudo bem
> está ótimo
> as sereias continuam cantando, falando em me afogar
> mas eu provavelmente vou ficar bem

>> ok
>> ok
>> me diga onde está e eu vou buscar você

> maravilha
> e depois podemos ir comprar pêssegos?

>> sim
>> podemos ir comprar pêssegos

> ok

>> chego aí em quinze minutos

J. ALFRED PRUFROCK

> você acha que eu ficaria bem com calças enroladas como quando a gente enrola os punhos?
> acho que elas fariam minhas pernas parecerem menos magricelas

> Eu não sei
> Provavelmente

> na verdade
> não sei se ainda quero um pêssego

> ah meu deus

> maaassss
> é pra você ainda vir me buscar
> vamos sair e ir a algum lugar

Virginia Woolf

AH MEU DEUS MÃE
O QUE FOI QUE EU DISSE? PRECISO ESCREVER FICÇÃO
EU PRECISEI DE DINHEIRO E PRECISO DE UM QUARTO MEU
NÃO UM QUARTO EM QUE VOCÊ ENTRE QUANDO EU SAIR E LIMPE TUDO
E ARRUME TUDO E VASCULHE MINHAS COISAS
ESTE É O MEU QUARTO
FIQUE FORA
SEI QUE VOCÊ ANDA LENDO MEUS DIÁRIOS
SOB O DISFARCE DE "DAR UM JEITINHO"
ENTÃO ADIVINHA
MINHA FICÇÃO É QUE VOCÊ É UMA MEGERA COMPLETA
AGORA DÊ UM JEITINHO NISSO

William Faulkner

> sabe o que seria legal?

> o quê?

> se a gente pudesse desfazer-se no tempo
> isso seria agradável
> seria agradável se a gente pudesse
> desfazer-se no tempo

> acho que isso poderia mesmo ser agradável

> mas primeiro você tem de se preparar
> pra ficar morto por muito tempo

> bem

> viver é isso de fato

> tecnicamente acho

> vamos começar agora
> eu primeiro
> sou uma semente na terra
> você em seguida
> (prepare-se para estar morto)
> (seja uma semente úmida na terra quente)

> eu
> ok

WILLIAM FAULKNER

> você não é muito bom nesse jogo

>> acho que não
>> desculpe

> tudo bem
> minha mãe é um peixe
> e eu sou bem mais velho do que muita gente que já morreu
> e qualquer homem vivo é melhor que qualquer homem morto
> mas nenhum homem vivo ou morto é muito melhor que
> qualquer outro homem
> vivo ou morto
> é assim que eu entendo

>> ah isso
>> isso é bom

■ ■ ■

> ei eu tenho uma coisa pra você

>> ah
>> tem?
>> Ah

> eu lhe dou o mausoléu de toda esperança e desejo

>> uau

> não que você vá se lembrar do tempo
> mas que você possa esquecê-lo
> de vez em quando

>> claro
>> claro
>> acho que isso seria mesmo bom

> eu sabia que você ia gostar :)

■ ■ ■

174

WILLIAM FAULKNER

> sabe o que eu odeio?

>> não
>> o que você odeia?

> relógios

>> ah
>> como assim?

> meu pai disse que os relógios matam o tempo
> o tempo está morto enquanto se for esgotando no tique-taque
> daquelas rodinhas de engrenagens
> foi assim que mataram Cristo você sabe

>> com rodinhas?

> sim
> sim sim sim

■ ■ ■

> uma vez eu perdi uma vaca

>> perdeu?

> foi horrível
> eu amava aquela vaca

>> sinto muito

> ela me devia quarenta anos de impostos também
> se um dia eu a encontrar vou matá-la

Daisy Miller

Parte VI

olhe você viu a Daisy? preciso falar com ela

ah me deus você não soube?

soube o quê?

que Daisy morreeeeu

o quê?

sim

nããão

siiiiim

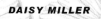

DAISY MILLER

(ah meu deus
o que aconteceu?)

(ela foi fazer uma caminhada
com um italiano
à noite
sob o LUAR)

(ah deus é claro)

(assim
você sabe
obviamente
isso a matou)

(isso mataria qualquer um)

(eu sei
matou especialmente a ela)

Peter Pan

Ei

ei!

eu e os caras estamos alugando um iate e seguindo pra Croácia pra esse festival ao ar livre quer vir??

ah vocês ainda estão fazendo isso?

bem não é exatamente um aluguel mas a gente conhece um cara que diz que podemos usar seu barco e ele é superlegal

quando vocês vão?

hummm ñ sei deixa eu ver

ok

ah também
não temos nenhum espaço pra dormir sobrando no iate
mas vamos tomar peiote o caminho todo até lá
portanto você não vai nem precisar de cama
só de arte
sabe?

> quanto tempo leva pra velejar até a Croácia?

haha meu deus
puta merda
então acabei de falar com Dan e estamos tipo
já na metade do caminho acho

> vocês já zarparam?

haha eu sei é
isso é foda
eu nem me lembro da partida
estamos tipo
em algum ponto da porra do oceano neste momento

> uau

você devia vir até aqui

> ir até o oceano?

que diabo sim
que diabo sim venha pro oceano
vai ser incrível
ah e quando você vier pode trazer comida
e também dinheiro pra comida
e também algum dinheiro pros ingressos?
eu não trouxe as minhas coisas comigo

> onde vocês estão no oceano?

ahh tenho de ir eles estão abrindo o barril
até breeeeeeeve

■ ■ ■

PETER PAN

> ahh, Peter
> Peter, meu velho amigo Peter
> você voltou pra me ver finalmente
> temo que eu tenha crescido muito desde
> a última vez em que nos vimos

ah hããã desculpe eu te acordei?

> sou uma mulher agora, e uma mulher de idade

eu literalmente nem estou aqui ok?
eu só bem
você disse pra eu vir se um dia precisasse de alguma coisa
e eu só precisava pegar dinheiro emprestado pra uma coisa

> Bem, é claro, Peter
> o que você precisar
> vou pegar minha bolsa

ah não se preocupe eu já
está tudo bem eu tenho o que preciso

> venha até a sala e converse comigo um pouco, Peter

hum
sua pele ainda está fazendo aquela coisa de dobrar?

> eu estou velha
> tenho rugas agora

sim haha
eca
pra ser super-honesto hospitais me deixam pirado
por isso acho que não vou poder ficar muito tempo

> não é um hospial, Peter
> estou velha mas não estou morrendo

PETER PAN

> certo certo
> bem
> não posso entrar na casa porque não fui convidado

> Ah

> ahh desculpa mas é assim que meus poderes funcionam

> Isso não é verdade em relação aos vampiros?

> bem sim
> vampiros e eu também

> eu te convido a entrar, Peter
> eu te convido
> venha sentar-se comigo e conversar um pouco

> ahhh desculpa celular novo quem é

O Grande Gatsby

Parte II

Oi Nick 🙂

> Daisy
> que horas são?

hummm
Tarde

> cadê você?

Você
Você vai rir disso

> vou mesmo?

bem obviamente não se você optar por ser um idiota
então é provável que você não ria
mas eu não posso fazer nada em relação a isso

> o que você quer?

preciso de uma carona 🙂

> onde você está?

O GRANDE GATSBY

> lembra daquele vale com cinzas?

>> Lembro

> basicamente ali

>> estou indo agora

> ah além disso
> você devia ligar pra polícia
> tem alguém morto aqui

>> alguém morto?
>> quem morreu?
>> morreu de quê?

> ah eu não sei
> não éramos íntimos nem nada
> parece que a pessoa foi atropelada por um automóvel

>> seria o seu automóvel, você acha?

> não sei dizer
> é difícil saber
> mas com certeza foi UM carro
> vou te dizer uma coisa
> você só vem aqui e me pega
> outra pessoa pode chamar a polícia

Parte IV

Sweet Valley High

> Jess você está aí?

sim estou aqui

> Onde você estava?

Como assim?

> Você não recebeu nenhuma das minhas mensagens?

não

> O pessoal da Os Doce Dezesseis esteve aqui para a entrevista sobre a arrecadação de fundos

eles já vieram?

> você não estava aqui
> então tentei fazer o melhor que pude sem você
> Ah eu sei que fui horrível
> Tenho certeza de que não vão publicar nada do que eu disse
> Lamento muito que você não tenha chegado a tempo

SWEET VALLEY HIGH

> ei Liz

> Sim?

> você às vezes fisga alguma coisa quando está tentando pescar elogios?

> . . .

> ah meu deus
> ah meu deus eles não estão se mexendo, Jess
> acho que estão mortos os dois
> Jesus Cristo Deus
> eles estão mortos, estão mortos
> o carro virou e ninguém está se mexendo
> ah meu deus

> bem
> você não quis batizar o ponche como pedi!!
> então tive de batizá-lo eu mesmo

> O QUE FOI QUE VOCÊ COLOCOU NELE?

> ahhh meu deussss eu não SEI
> alguma coisa de uma garrafa??
> haha quero dizer álcool obviamente
> álcool de uma garrafa
> mas eu não seeeeii
> foi por isso que pedi que você fizesse

> Eu nunca teria ajudado se soubesse que você ia fazer algo desse tipo

> então acho que você não tem o que é preciso pra ser Rainha do Baile da Selva
> que é a mesma coisa que uma rainha do baile comum?
> haha que tipo de escola tem dois bailes?
> de qualquer forma achei que Bruce estava muito gato esta noite
> você acha que ele está comprometido para o próximo baile?

SWEET VALLEY HIGH

> Bruce está morto
> estão todos mortos

é ele não estava assim tão bonito esta noite acho

■ ■ ■

> Ah, Jess
> às vezes odeio Nova York
> sinto tanta saudade de Sweet Valley

ah meu deus eu sei
eles não têm nem mesmo um Dairi Burger lá!!!
que cidade

> é tão deserta
> Como esta manhã no café
> eu achei mesmo que no diálogo que tive com a garçonete
> quando perguntei se tinham estévia
> faltava autenticidade
> eu gostaria muito que o estágio no jornal já tivesse acabado
> mas quem sabe quando vão parar de ter notícias aqui

haha lembra da mamãe

> eu sabia que você ia entender, de alguma forma

lembra do papai
do que aconteceu com eles
aonde eles vão o tempo todo?

■ ■ ■

> Jess
> Jess onde você está?

haha o quê?

> o encontro dos alunos é daqui a alguns minutos
> e precisamos de você pra pirâmide

> ah isso
> algo me diz que não vamos torcer muito esta noite

> o que está dizendo?

> digamos apenas
> que não vamos ter mais de nos preocupar
> com aqueles idiotas da Big Mesa

> Jessica o que foi que você fez?

> digamos apenas que os planos deles
> de encher o campo
> de lixo após o grande jogo
> "se transformaram em fumaça"

> Jessica
> o que foi que você fez?

> digamos apenas que o "ginásio" deles
> está "em chamas"
> com o espírito da SVH
> ei você quer ir ao Dairi Burger?
> estou morrendo de fome
> e coberta de cinzas

Vidas Sem Rumo: The Outsiders

> ei como você pronuncia "Soc"?

>> O quê?

> quero dizer é como "sock"?
> porque parece que é assim que você diria
> mas em minha mente eu penso como se fosse "souche"

>> hã

> como uma rima de brioche

>> acho que faz sentido

> por que eu sei o que é um brioche?
> que tipo de gangue é essa?

>> como assim?

> o que estou dizendo é que tenho a sensação de que somos diferentes de outras gangues

>> diferentes como?

> não sei acho

>> somos apenas um bando de caras bonitos comuns que gostam de ler poesia e se envolver em lutas com faca
>> sim
>> sim senhor
>> nada como ajeitar o cabelo
>> esfaquear um cara rico

VIDAS SEM RUMO: THE OUTSIDERS

> então falar sobre Robert Frost em um sótão com outro cara
> se isso é diferente, então acho que sou diferente

> não você está certo

■ ■ ■

> cara você sabe quem eu odeio?

> quem?

> caras de olhos verdes ou eu acho
> A MAIORIA dos caras de olhos verdes
> você diria que meus olhos são cinza-esverdeados
> ou verde-acinzentados?

> eu não sei

> os seus olhos são de um azul glacial,
> portanto estão sempre com esse tom azul glacial
> mas às vezes meus olhos são mais
> cinza-esverdeados que verde-acinzentados
> o que eu acho que é melhor

> hã

> ei você quer vir pra cá e assistir ao pôr do sol?

> sim ok
> acho que sim

> ok ótimo
> bem é o mesmo pôr do sol da sua casa
> portanto não espere nada grandioso

> não vou esperar

> eu acho mesmo que eles estão mais verde-acinzentados neste
> momento do que qualquer outra coisa

> sim talvez

> mas não verdes como os de Darry
> que são verdes como o gelo, só que mais azuis que isso
> eu preciso mesmo atualizar meu diário de cor de olhos

> seu o quê?

> te espero pro pôr do sol!!!

■ ■ ■

> então o que você achou?

o que eu achei do quê?

> o que você achou de todos os desenhos de Dally que eu te mandei?

ah sim

> você acha que ele vai gostar?
> acha que são bons?

com certeza eles são muitos

> você acha que fiz os olhos azuis dele suficientemente glaciais?
> era essa de fato a minha intenção
> porque os olhos dele parecem gelo azul ardente

acho que você conseguiu

> ah ótimo
> eu estava um tanto preocupado que eles não parecessem suficientemente glaciais e em chamas

não, eles estão...
você fez um ótimo trabalho
estão bons mesmo

> bem eu queria fazer alguma coisa especial pro aniversário dele
> e era ou isso ou um canivete
> e deduzi que todos os outros já iam dar um canivete pra ele

certo

> o que um cara vai fazer com seis canivetes, não é?

sim

> são lâminas demais
> de qualquer forma fico feliz que você ache que são bons

sim

> quer um?

ah
acho que não precisa

VIDAS SEM RUMO: THE OUTSIDERS

> posso desenhar um pra você bem rápido
> não vai levar dois minutos

> não não precisa

> vou desenhar um pra você por via das dúvidas
> os olhos dele parecem gelo azul
> gelo azul!

■ ■ ■

> está acordado?

> sim
> qual o problema?

> tive aquele sonho outra vez

> ah

> aquele sonho em que cortei o cabelo
> aquele foi o pior dia da minha vida,
> o dia em que Johnny cortou meu cabelo
> lembra?

> sim lembro

> se um cara não tem seu cabelo louro-avermelhado sedoso
> que é só um pouquinho mais vermelho que o de Soda e
> ondula na medida exata
> bem que tipo de cara ele é?

> eu não sei

> além do mais foi muito triste quando Johnny morreu, também

> sim

> morreu antes que o cabelo dele pudesse crescer novamente

> eu lembro

> o cabelo dele estava horrível quando ele morreu
> eu fiquei constrangido até de ir ao enterro

> sim eu também

A série The American Girl

> nellie
> nellie por que vc não foi à cerca hoje?
> à cerca das aulas)para a aula)

> me desculpe, Srta. Parkington
> eu não consegui escapar a tempo e

> eu ia te dar mais aulas
> foi por causa da minha festa de aniversário?
> você está com raiva de mim?

> não Samantha...

> porque eu te disse
> não é que você não seja minha amiga
> você é minha amiga

> fico feliz de ser sua amiga

> é só que você é mais minha amiga da FÁBRICA
> e não exatamente
> minha amiga de "festa de aniversário"

> entendo
> não consegui escapar da fábrica

A SÉRIE THE AMERICAN GIRL

> isso é tudo

> adivinha quantos tipos de sorvete tivemos

> eu não sei

> haha só existem três tipos de sorvete nellie
> todo mundo sabe disso

> entendo

> você tem muitas aulas à frente nellie
> AULAS DE SORVETE
> só que estamos sem sorvete agora
> porque comemos demais
> (na minha festa de aniversário)

■ ■ ■

> Srta. Felicity,
> preciso lhe agradecer por ter vindo
> na semana passada ao meu esconderijo
> os biscoitos e o cantil que trouxe eram extremamente necessários
> eu sei que uma vez que eu possa me alistar com os Patriotas
> não serei mais um fardo pra senhorita
> temo que antes desse dia, porém,
> eu deva abusar de sua generosidade uma última vez
> e perguntar quando retornará
> pois a água que tão gentilmente me trouxe acabou há vários dias
> e tenho medo de me aventurar à luz do dia
> e esse pântano fétido não me oferece nenhum alívio

> BEN
> BEN ESTOU COMPRANDO UM PÔNEI

> parabéns, Srta. Felicity
> essa é uma notícia maravilhosa

> Talvez
> talvez ele vá tornar a viagem mais curta
> quando a senhorita retornar

Eu lhe darei o nome de Penny!!!

> pois estou enfraquecido de sede

Ele tem a cor de um penny
essa é a razão de eu ter escolhido esse nome, Ben

> Um bom nome, esse
> confio que eu possa manter minha força
> por tempo suficiente para vê-la pessoalmente

vou escovar a crina dele TODOS OS DIAS

■ ■ ■

Harriet

> Addy.

Mamãe pediu que eu te perguntasse
se gostaria de ir à feira amanhã com a gente

> Ela perguntou?

como estaremos trabalhando na mesma barraca juntas
a tarde toda
Papai se ofereceu para nos dar uma carona em sua carroça

> ah, sua carroça de leite?

sim
a carroça de leite
Ele só tem aquela carroça
você sabe disso

A SÉRIE THE AMERICAN GIRL

> Tal pai tal filha suponho
> ele só tem uma carroça
> e você só tem um vestido

> Você pode simplesmente dizer não, Harriet
> se não quiser vir conosco
> pode simplesmente dizer não

> Addy
> você tem ideia de quantos vestidos eu tenho?

> me desculpe se a insultei com o meu convite
> você não precisa vir

> Addy
> eu tenho SETE vestidos
> tenho um vestido pra cada dia da semana
> tenho um vestido pra segunda-feira

> olhe
> esqueça que eu disse alguma coisa
> até amanhã

> tenho um vestido pra terça-feira
> na quarta tenho um vestido diferente

> e na quinta você tem um quarto vestido
> Entendi

> você porém

> acho que entendi o prinsípio da coisa

> ah meu Deus
> Addy Walker

A SÉRIE THE AMERICAN GIRL

> como se escreve princípio, Harriet?
> é com S?
> ou com C?

> você vai se arrepender de um dia

> Talvez devêssemos perguntar a um especialista em ortografia
> Talvez devêssemos perguntar a alguém que ganhou

> de UM DIA

> uma medalha
> de ortografia
> por soletrar a palavra princípio corretamente
> eu só tenho um vestido
> no qual prendi a medalha de ortografia
> para que você possa ver a medalha todos os dias

O Clube das Babás

Ei Claudia
eu sei que matemática é muito difícil pra você
mas até mesmo você deveria saber
que dois dólares por hora
durante seis horas
significa que estamos com pelo menos
doze dólares a menos
do que deveria haver na tesouraria

eu sei quanto são doze, Kristy
e não peguei seu estúpido dinheiro

olhe
tudo que estou dizendo
é que alguém tão boa em esconder doce no quarto
provavelmente tem alguns ótimos lugares para
esconder doze dólares
como talvez uma carteira de macramê incrivelmente
feia com apliques de veludo

sim bem
pelo menos meu pai ainda mora em casa
ao contrário do pai de algumas pessoas
ao contrário do seu pai

O CLUBE DAS BABÁS

> Kristy
> Kristy? É Mallory
> espero que você não se importe que eu lhe envie mensagens
> tive de pegar seu número com Mary Anne
> mas ela não está por perto nem nada
> eu acho
> eu só estava me perguntando se tínhamos uma reunião hoje
> vou confirmar com Stacey

■ ■ ■

> Kristy, a Sra. Dawes disse que você não apareceu na sexta
> para cuidar das meninas
> Ela teve de cancelar os seus planos
> e está muito aborrecida
> O que está acontecendo com você?

> ah desculpe
> eu provavelmente só não consegui ouvir o telefone tocar
> quando ela ligou
> esta mansão é tããããão grande
> a mansão de Watson quero dizer

> eu sei a que mansão você se refere

> meu novo pai Watson
> que mora conosco
> Claaaaaudia

> Claudia não está

> eu sei
> eu sei disso

■ ■ ■

O CLUBE DAS BABÁS

> Ei Stacey!
> É Mallory
> você sabe se temos reunião hoje?
> ouvi Dawn mencionar algo a esse respeito
> mas por alguma razão não consigo encontrar ninguém
> me diga se este é mesmo o número que vou falar com você
> talvez seja um número antigo
> fiz brownies então espero que seja hoje haha
> quero dizer qualquer hora que nos encontrarmos está bom
> está tudo bem pra mim
> ah meu deus os brownies levam açúcar
> eu juro por deus que não pensei
> eu sinto muito, Stacey

■ ■ ■

> merda
> merda
> claudia você viu karen?

> recentemente não

> não consigo encontrá-la
> é como se ela não estivesse em casa

> a última vez que a vi
> ela estava pegando sua pistola de cola emprestada
> para colocar strasses no dever de casa
> como eu lhe disse há uma hora

> bem o que você fez na última hora então?

> eu estava esmaltando
> o que VOCÊ andou fazendo na última hora Stacey?

> você sabe que não gosto que vocês me vejam tomar minhas
> injeções de insulina

> ah
> eu não sabia que era esse o nome de robbie brewster agora

> CLAUDIA
> não posso acreditar em você
> ah meu deus
> por falar nisso você deu a mallory
> meu número de telefone verdadeiro?
> porque isso não foi legal
> eu recebi tipo
> trinta mensagens dela esta manhã

Nancy Drew

> Nancy? Você vem?
> Estou esperando junto ao velho carvalho no parque
> há quase uma hora
> Tentei ligar pro seu pai e ele disse que você saiu
> pra ir ao lago com Bess e George
> mas Bess voltou faz séculos
> acho que talvez você não tenha levado o celular
> de qualquer forma o piquenique é aqui
> e eu estou aqui também
> a qualquer hora que você chegue
> sem pressa!
> estou com saudades

ah Ned
me desculpe
mas estou tão perto de descobrir quem são os ladrões das joias
acho que tem alguma coisa a ver com a figura fantasmagórica
que assustou a Sra. Martin depois da festa
e os gêmeos acreditam que viram alguma coisa na ilha

> o que eles viram?

ah
poderia ser qualquer coisa
joias
ou qualquer coisa
de qualquer forma é muito importante que eu vá de barco com eles

> bem
> se você acha mesmo que isso vai ajudá-la a solucionar o mistério

> ah com certeza
> não poderia solucioná-lo sem ir até lá

> só me avise quando você voltar
> quem sabe não posso vê-la depois...

> não sei se vou ter sinal no lago
> é muito difícil sinais de celulares atravessarem água corrente
> portanto

> sim eu sei
> ei eu te amo

> tchaaau

> você não tem nada pra me dizer também?

> Ned você sabe que não posso falar abertamente
> quando estou trabalhando em um caso
> não sabemos quem está ouvindo

> certo, certo
> é claro
> desculpe

■ ■ ■

> eiiiii onde você está agora?

> Em casa
> Por quê?

> acha que pode vir me buscar?

> está amarrada de novo?

> só estou na caverna
> perto do velho moinho

> então você está amarrada
> numa caverna

NANCY DREW

> você sabe
> perto do orfanato incendiado

> por favor só responda à pergunta

> acho que seria bom você trazer uma tesoura

> para a corda?

> parece que tem um pouco de corda aqui, sim

> você está amarrada com ela?

> Ned olhe
> é muito difícil digitar com as mãos amarradas assim
> então por favor pare de fazer tantas perguntas e
> venha até aqui ok?

■ ■ ■

> Nancy!
> Nancy estou vendo que é você
> sou eu
> Ned
> estou do outro lado da mesa de bacará

> Você não precisa revelar que me conhece se estiver trabalhando

> desculpe
> quem é?

> Nancy, estou vendo que é você
> Você só está usando franja

> Por favor me deixe em paz
> sou uma herdeira perturbada que só quer jogar bacará
> e esquecer os problemas

> você está disfarçada?

> Meu único disfarce são os meus problemas
> é os meus problemas
> Por favor, desculpe a minha gramática

>> quem é o homem que está com você?

■ ■ ■

> desculpe mas eu queria seguir os sequestradores até a caverna, Ned

>> Está tudo bem

> mas eu sinto muito mesmo

>> Eu sei

> sinto muito termos sido amarrados novamente

>> Está tudo bem

> não posso acreditar no que fizeram com o seu rosto
> não tinha a menor ideia de que estavam tão desesperados

>> Eu sei

> não sei mesmo como vamos sair desta

>> Nem eu

> esta é pior do que quando descobrimos que foi George quem assassinou Bess

>> Meu Deus

> lembra disso?

>> sim eu lembro

> aquilo foi horrível

>> foi mesmo

A Revolta de Atlas

> feliz aniversário

>> Ah, Dag
>> você se lembrou

> eu trouxe uma coisa pra você

>> você trouxe?
>> ah que gentileza

> eu trouxe o maior presente que um ser humano
> pode oferecer a outra pessoa

>> não precisava
>> o que é?

> eu conquistei uma coisa

>> Ah, deus

> bem eu consegui uma façanha sozinha e ninguém pode
> tocá-la ou sujá-la com seus dedos invejosos e poluídos
> e ninguém pode tirá-la de mim
> nunca nunca nunca
> portanto
> feliz aniversário

>> obrigado, Dagny

> Sim.
> De nada.

■ ■ ■

A REVOLTA DE ATLAS

> COMUNISMO

>> o que tem o Comunismo?

> CUIDADO COM ELE

>> tudo bem

> ELE ESTÁ POR TODA PARTE

>> tudo bem

> PORTANTO TOME CUIDADO

>> tomarei.

■ ■ ■

> você me ama, Hank?
> me ama de verdade, eu quero dizer
> eu te amo, você sabe
> amo a maneira como você dirige o motor do mundo
> eu te amo como a um trem

>> Como um quê?

> é a mais sublime e mais pura forma de amor que existe, Hank
> o amor de uma mulher por um trem
> deus, eu amo muito os trens
> aqueles apitos
> o conhecimento de que se pode passar alegremente por cima de qualquer um de seus inimigos e esmagar seus crânios espessos com suas feras de aço arreadas
> aqueles pãezinhos quentes que eles têm no vagão restaurante
> ainda temos algum pãozinho daqueles de sobra?

>> vou descobrir

> trens trens trens
> eu os amo de verdade

■ ■ ■

209

A REVOLTA DE ATLAS

— sabe quem eu odeio?

— quem?

— todo mundo
todo mundo menos nós

■ ■ ■

— quer vir aqui?

— agora?

— sim

— tudo bem

— sabe o que devíamos fazer?

— o quê?

— você deveria simplesmente
passar a noite aqui
e nós poderíamos fazer uma greve

— greve de quê?

— uma greve de todo mundo
porque eles que se fodam

■ ■ ■

— não sei se você percebeu isso
mas meu ombro estava nu com aquele vestido esta noite

— percebi sim

— era o único enfeite do meu vestido, aquele ombro nu

— Muito bonito

> bem, também a pulseira de diamantes
> esse era o outro enfeite que usei
> portanto o ombro estava nu
> mas meu pulso tinha diamantes

Certo

> aqueles diamantes fizeram você pensar em correntes?
> Correntes são extremamente femininas, você sabe
> quase tão femininas quanto um ombro nu

humm

> Adivinha?
> meu ombro está nu neste momento

Ah

> bem
> debaixo do blazer ele está nu
> meus dois ombros estão nus
> debaixo do blazer

Sei

> isso faz você ter vontade de acorrentá-los?

eu sinto muitíssimo
mas tenho de ir para uma reunião agora

> você pode me acorrentar depois da sua reunião então

vou pensar nisso

■ ■ ■

> Francisco
> Francisco você está acordado?
> Francisco?

o que foi?

A REVOLTA DE ATLAS

> Francisco, não consigo dormir

>> Sinto muito

> Tive um sonho ruim

>> aquele sobre os Comunistas?

> não quero falar sobre isso
> me fale sobre a raiz do dinheiro de novo, Francisco

>> que horas são?

> Vamos, Francisco
> me fale
> vou ajudar você a começar
> "O dinheiro é uma raiz de troca…"

>> Dag, por favor
>> Tenho de trabalhar de manhã

> "O papel é uma hipoteca sobre uma riqueza que não existe…"

>> você nem precisa de mim para lhe dizer o que é o dinheiro

> prefiro a maneira como você conta

>> muito bem
>> muito bem, vou lhe falar sobre a raiz do dinheiro

> faça aquela voz que você usa com os saqueadores, ok?
> faça sua voz pra saqueador

>> vou fazer minha voz pra saqueador

> ok

Clube da Luta

> ei você viu minha calça de trabalho?
> acho que a perdi ou algo assim
> o que é doido porque eu estava com ela ontem
> você viu?

> é só depois que perdemos tudo
> que ficamos livres pra fazer qualquer coisa

> ok sim com certeza

> você tem de perder tudo
> tudo inclui calças
> calças são coisas, portanto

> não sim
> estou super de acordo com isso

> como um substantivo ou o que seja, é o que as calças são

> só estou me perguntando
> especificamente
> onde minha calça está
> porque ela é na verdade a minha última calça

> VOCÊ NÃO É SUAS CALÇAS

> eu sei

> EU NÃO SOU SUAS CALÇAS

> não eu com certeza sei disso
> só preciso dessa calça pra trabalhar

CLUBE DA LUTA

> VOCÊ NÃO É O SEU EMPREGO

>> eu não estou tentando ser meu emprego juro
>> mas só nos restam os últimos quarenta paus
>> sinceramente
>> não podemos nos dar ao luxo de perder este dinheiro agora

> você não é especial

>> o quê?

> você não é a porra de um floco de neve

>> eu sei disso
>> não creio que querer calças signifique ser um floco de neve

> tudo está em decomposição
> somos todos parte da mesma composteira
> sua calça está em decomposição

>> minha calça está na composteira?

> bem tudo está na pilha de adubo
> então você faça a porra da matemática
> você faça a matemática do adubo

■ ■ ■

>> a porra da geladeira está quebrada de novo
>> você se importa de ligar pra Jasper hoje
>> e informar a ele que precisamos marcar uma visita?

> você já pensou que talvez
> sua vida esteja completa demais?

>> a geladeira está completa demais?

> você precisa quebrar tudo pra fazer uma coisa melhor

>> eu realmente não acho que seu mal-estar seja culpa da geladeira

CLUBE DA LUTA

> não é culpa da geladeira
> somente após o desastre podemos ser ressuscitados
> e quebrar a geladeira

> isso é parte da sua ressurreição

> nossa ressurreição
> fomos todos criados com a TV pra acreditar
> que um dia seríamos todos milionários

> hã
> que programa era esse?

> e deuses do cinema

> eu assistia basicamente a scooby doo
> acho

> e astros do rock

> a ilha de gilligan talvez
> o que quer que fosse aquela série
> não era como os smurfs
> mas era meio que como os smurfs
> só que debaixo d'água?
> eles tinham narizes estranhos e pontudos eu me lembro

> mas não seremos
> e estamos devagarzinho aprendendo esse fato
> e estamos muito, muito putos

> e isso é culpa da geladeira

> sua vida é assim tão vazia que você sinceramente não consegue pensar numa forma melhor de passar esses momentos?

> meu deus
> ok ótimo
> vou ligar pra jasper
> você não vai ter que fazer nada

CLUBE DA LUTA

> venho mijando na sua sopa
> tipo todo dia

> o quê?

> nada
> você que se foda
> foda-se a geladeira
> você é dono da sua geladeira
> ou ela é que é sua dona?

> não é nem mesmo minha geladeira
> você já tinha essa geladeira quando me mudei pra cá

> eu estava errado a seu respeito, cara
> você é mesmo suas calças

...

> argh
> sabe o que é pior?

> o quê?

> mães
> as porras das mães
> e tipo
> a IKEA
> e nossos empregos
> porque eles nos aprisionam em ninhos
> deus eu odeio como é fácil
> simplesmente arrumar um emprego
> e ganhar dinheiro o tempo todo
> e ter uma mãe
> não é real, sabe?

> certo

> tipo "ah eu sou sua mãe"
> "eu vou te amar e te educar e essa merda toda"
> bem adivinha o que mãe?
> eu vou incendiar arranha-céus
> porque deus não é o meu pai

> o quê?

> vou cagar na mona lisa e espancar caras bonitos
> por causa do consumismo

CLUBE DA LUTA

> hã

> cagar bem na mona lisa

> . . .

> eiiii
> vc vai ao clube da luta esta noite?
> vai ser superprovocador
> ei
> ei vc está por aí?
> preciso de uma carona pro clube da luta (pra que eu possa lutar)
> CARA ME RESPONDA
> VOCÊ VAI OU VOCÊ NÃO VAI AO CLUBE DA LUTA?
> AO CLUBE DA LUTA QUE VOCÊ ME AJUDOU A INVENTAR?
> EU JURO POR DEUS QUE VOU MIJAR NAS SUAS CALÇAS NOVAS SE VOCÊ NÃO ME RESPONDER NA PORRA DOS PRÓXIMOS MALDITOS CINCO SEGUNDOS

> jesus
> sim
> eu vou ao clube da luta

> AH MEU DEUS

> o que foi?

> QUAL É LITERALMENTE A PRIMEIRA REGRA?

> jesus
> Tyler

> LITERALMENTE A PRIMEIRA REGRA QUE CRIAMOS PRO CLUBE DA LUTA

> por favor não mije nas minhas calças

> A REGRA NÚMERO UM

> você está falando sobre ele
> você o está chamando de clube da luta neste momento
> como isso não é a mesma coisa?

> "COMO ISSO NÃO É A MESMA COISA?"
> aproveite suas calças mijadas

O Lorax

ISSO É COMPOSTÁVEL VOCÊ SABE

Como?

NOTAS DE POST-IT SÃO COMPOSTÁVEIS NA REALIDADE PORTANTO VOCÊ NÃO DEVIA JOGÁ-LAS FORA

Quem é?

EU SOU O LORAX

o o quê?

EU FALO EM NOME DAS ÁRVORES

ok muito bem obrigado pelo conselho

VOCÊ SABIA QUE TAMBÉM PODE ADUBAR O PRÓPRIO CABELO?

eu não sabia disso

PODE
PORTANTO VOCÊ VAI PEGAR AQUELES POST-ITS NA LIXEIRA

■ ■ ■

VOCÊ RECEBEU AQUELE E-MAIL QUE TE ENCAMINHEI SOBRE OS PERIGOS DOS E-CIGARROS?

218

O LORAX

> Que e-mail?

> VERIFIQUE SUA PASTA DE SPAM
> ÀS VEZES MEUS E-MAILS FICAM PRESOS NAS PASTAS DE SPAM

> Pensei que você falasse em nome das árvores

> FALO EM NOME DE MUITAS COISAS

■ ■ ■

> VOCÊ TEM ALGUMA IDEIA
> DE QUANTOS TAMPÕES UMA MULHER USA EM UM ANO?

> Estou na aula neste momento
> Não posso falar sobre tampões

> OS TAMPÕES NÃO PODEM FALAR
> ELES NÃO TÊM BOCA
> É POR ISSO QUE FALO EM NOME DELES

> ok

> TAMPÕES EM NÚMERO SUFICIENTE PRA FAZER UMA TRÚFULA
> É ESSA A QUANTIDADE
> VOCÊ JÁ PENSOU EM USAR O COLETOR MENSTRUAL?

> Isso é muito pessoal, Lorax

> NADA É PESSOAL QUANDO SE FALA EM NOME DAS ÁRVORES

> e dos tampões?

> E TAMBÉM DOS TAMPÕES E ÀS VEZES DOS E-CIGARROS SIM

> vou pensar a respeito

> TEM UM NA SUA BOLSA SE MUDAR DE IDEIA
> SÓ PRO CASO DE VOCÊ PRECISAR DE UM HOJE

219

O LORAX

> Você colocou um na minha bolsa?
> Você mexeu na minha bolsa?

AH VOCÊ SE REFERE À SUA BOLSA DE COURO?
SUA BOLSA FEITA DE PELE MORTA?

> isso é muito estranho
> vou jogá-lo fora

NÃO

> não o quê?

NÃO ENFIE A MÃO NA SUA BOLSA

> Lorax se eu enfiar a mão na minha bolsa, o que vou encontrar?

VOCÊ SABIA QUE PODE FABRICAR O SEU PRÓPRIO SABÃO
COM XAROPE DE COCA-COLA DESCARTADO
E QUE A MAIORIA DOS RESTAURANTES VAI LHE DAR SEM
COBRAR SE VOCÊ PEDIR COM EDUCAÇÃO?

> Lorax você está na minha bolsa neste instante?

SIM

> Por quê?

EU CAÍ NO SONO QUANDO ESTAVA COLOCANDO
O COLETOR MENSTRUAL LÁ
SUA BOLSA É MUITO MACIA

> ah uau
> você está bem?

DE VERDADE NÃO
COURO É MUITO MACIO
EU NÃO SABIA O QUANTO ERA MACIO

> Lamento que o tenha feito tocar em couro

220

O LORAX

> ÀS VEZES EU FICO COM SONO FALANDO EM NOME DAS COISAS
> ERA TÃO MACIO E EU ESTAVA COM TANTO SONO

> Você quer que eu o deixe ficar na bolsa pelo resto do dia?

> SIM POR FAVOR
> EU GOSTARIA MUITÍSSIMO

> Ok

> MAS PODEMOS PLANTAR UMA ÁRVORE MAIS TARDE?
> QUERO DIZER SE VOCÊ TIVER TEMPO
> SÓ UMA ÁRVORE NO CAMINHO DE CASA

> Talvez

> OK
> PORQUE EU ACHO QUE TALVEZ TODOS OS
> MEUS AMIGOS VÃO VOLTAR SE FIZERMOS ISSO

> Talvez voltem

> SÓ ESPERO QUE ALGUNS DOS MEUS AMIGOS VOLTEM

> eu sei

> MAS VOCÊ AGORA É MINHA AMIGA TAMBÉM

> eu sei

> ENTÃO ACHO QUE JÁ ESTÁ FUNCIONANDO

> Acho que sim

> DEVEM SER TODOS AQUELES POST-ITS QUE PUSEMOS
> NA COMPOSTAGEM ESTA MANHÃ

> Volte a dormir

> OK OBRIGADO

Rebecca

> ah Sra. de Winter
> percebi depois de levá-la na visita à ala principal
> que esqueci de lhe dizer sobre as roupas dela

> roupas de quem?

> De quem você acha que são as roupas?

> De Rebecca?

> é claro
> elas eram incríveis
> até mesmo seu gosto pra camisolas era impecável
> diferente de algumas camisolas que eu poderia nomear
> diferente de algumas camisolas que regularmente tenho de lavar
> e dobrar e guardar

> entendo

> suas camisolas, especificamente
> eu odeio suas camisolas
> assim se quando a senhora chegar em casa esta noite
> vir um monte de Rs rabiscados com batom
> e sangue também pelas suas camisolas
> fui eu

> Ah

> pro caso de a senhora se perguntar
> quem foi

> Bem, agora eu não vou especular

> o R é de Rebecca

> sei

além disso não suporto o tipo de chá que a senhora compra
então rasguei todos os sachês
e espalhei as folhas pelo corredor

> ah céus

porque honestamente
chá EM SACHÊS?
esta é uma casa senhorial
tipo DA INGLATERRA
esta casa tem um nome
a senhora nem mesmo tem nome
literalmente ninguém jamais mencionou seu nome
é apenas "onde está minha esposa" e "esta é a Sra. de Winter"
"a segunda" Sra. de Winter
a Sra. de Winter "inferior"
"a Sra. de Winter que bebe chá de sachês"
deus eu a odeio
tanto

■ ■ ■

está usando o garfo errado a senhora sabe

> Por favor
> Por favor, estou tentando jantar com o meu marido
> e gostaria que me deixasse em paz

a senhora nunca vai ficar em paz
não aqui
não em Manderley
o espírito dela está nos pisos e nas paredes
nos espelhos
nas salas por trás das portas que a senhora jamais abrirá
no garfo que não está usando adequadamente

REBECCA

> Onde você está?
> Não posso vê-la em lugar nenhum

isso não me surpreende
nem um pouco
Rebecca teria me visto em um segundo

> Tenho certeza que sim me desculpe
> mas eu não posso vê-la e não sou Rebecca

como se eu já não soubesse disso

...

não pude deixar de notar que a senhora não pulou de sua janela ontem à noite
mesmo depois de eu deixá-la aberta pra senhora

> Não, não pulei

sabe quem teria pulado pela janela
se eu tivesse pedido a ela?

> POR FAVOR PARE

vou lhe dar uma pista
a senhora tem o mesmo sobrenome
e casou com o mesmo homem
além disso uma de vocês está morta e a outra não

> É Rebecca
> Rebecca, eu sei que é ela
> eu sei que é Rebecca, EU SEI QUE É ELA

...

ah meu Deus
este é seu garfo de SALADA
e isto no prato é peixe
qual é o problema com a senhora?

Cormac McCarthy

> acabei de chegar aqui
> estou reservando uma mesa pra você
> ei
> você está a caminho?
> ei
> você está vindo?

> Você esquece o que quer lembrar
> e lembra o que quer esquecer

> olhe
> tudo bem se não conseguir chegar
> é só que as pessoas estão começando a ir pra casa
> mas se você já estiver a caminho

> Ninguém quer ficar aqui e ninguém quer ir embora

> ah
> hum
> ok
> eu só pensei que você tivesse dito que ia tentar chegar
> só isso
> está tudo bem
> farei outro aniversário ano que vem então não é nada de mais

> ontem é tudo o que conta de fato
> O que mais existe?
> Sua vida é feita dos dias de que é feita
> Nada mais

> qual foi a coisa mais valiosa que você já perdeu no cara ou coroa?

>> não sei
>> cinco dólares talvez
>> por quê?

> por nada

■ ■ ■

> o fogo é de verdade?

>> que fogo é de verdade?

> o fogo é de verdade?
> você o está carregando?

>> de que fogo você está falando?

> do fogo dentro de você

>> onde está o fogo?

> ah é só um foguinho
> que você manteve pequeno
> que manteve oculto
> você sabe disso

>> o quê?

> a liberdade dos pássaros é um insulto pra mim

>> aonde você está indo?

> você sabe aonde

>> por favor não faça nada aos pássaros
>> estou indo praí

> Conserve o fogo

>> QUE FOGO?

> você vai ver

Jogos Vorazes

> Eu te disse que nome eu ia dar à minha padaria se saíssemos daqui
> certo?

> Peeta eu estou muito cansada de verdade

> Vou chamá-la de Bolos Vorazes

> Vou dormir agora, Peeta

> É uma brincadeira com "Jogos Vorazes" porque é algo que todo mundo já conhece mas com uma pequena distorção

> você devia ir dormir também.

> Só que ninguém vai se sentir voraz na Bolos Vorazes
> bem
> talvez de início
> quando chegarem lá
> mas não depois que comerem minha torta de ruibarbo

> ah meu Deus

> . . .

JOGOS VORAZES

> ei Katniss

Peeta eu não posso falar agora

> ah
> desculpe

lembra do que conversamos sobre isso?

> não sei

lembra de que falamos que eu não posso falar quando estou caçando?
porque para que mais eu preciso das minhas mãos?

> porque você precisa das suas mãos pra segurar as flechas

Porque eu preciso das minhas mãos pra segurar as flechas.

> sim eu lembro

então foi por isso que eu disse
não tente entrar em contato comigo
a menos que esteja em uma emergência

> sim

você está em uma emergência?

> com certeza

é uma emergência de verdade?
ou é uma m...

> é uma emergência de cobertura de bolo

Peeta
uma emergência de cobertura de bolo
não é a mesma coisa que uma emergência de verdade

> pra mim é
> é pra este bolo e também pra mim

vou desligar o celular

> emergências de cobertura de bolo são tão reais
> quanto outros tipos de emergência

230

William Carlos Williams

> eu comi tudo
> que havia na geladeira
> você devia ir ao mercado outra vez.
> -wcw

■ ■ ■

> eu comi o carrinho de mão vermelho
> que estava na geladeira
> e do qual tanta coisa dependia
> perdoe-me
> não sei nem por que fiz isso
> acho que pensei que era um daqueles bolos de sorvete
> sabe aqueles que eles moldam no formato de carros ou sei lá o quê
> aquela merda estava nojenta
> ei mas você tem algum bolo de sorvete?
> -wcw

■ ■ ■

WILLIAM CARLOS WILLIAMS

comi o imperador do sorvete
que pensou que pudesse se esconder de mim na geladeira
desculpe
-wcw

◾ ◾ ◾

oi gata
você está no mercado?
oi gata tem uma coisa estranha acontecendo com a lava-louças
ela não fecha completamente
acho que uma das colheres de pau caiu pela fresta ou
alguma coisa assim
ela fica fazendo esse barulho estranho ca-tchanc ca-tchanc
vou te ligar e deixar uma mensagem
pra que você ouça como é o barulho
-wcw

◾ ◾ ◾

**3 ligações perdidas
1 nova mensagem de voz**

◾ ◾ ◾

ei se você está no mercado
pode comprar um pouco mais daquela coisa vermelha de que eu
gosto na caixa comprida?

querido não estou no mercado agora
já estou voltando pra casa
você mesmo pode comprar hoje à tarde?

Você mulher porca e intratável
você me empurra pra lama
com sua carroça fedorenta de cinzas

WILLIAM CARLOS WILLIAMS

> querido me desculpe mas eu já fui ao mercado hoje de manhã
> e estou exausta e já quase chegando em casa

> Bem...
> todas as coisas se tornam amargas no fim
> quer você escolha o caminho da direita ou
> da esquerda

> está bem
> está bem eu vou ao mercado

> humm também estamos sem ameixas de novo
> então você pode comprar mais algumas quando estiver lá?
> obrigaduuuuuuuuuuuuuuu gata
> -wcw

Harry Potter

> estou falando sério, Ron

> kkkk não
> não existe esse negócio de "bóson de higgs" de jeito nenhum

> existe sim!
> é muito importante
> trata-se de uma partícula elementar

> o que ela faz então?

> Bem
> é uma partícula
> e isso meio que envolve múltiplas partículas idênticas
> existindo no mesmo estado e lugar

> como a magia

> Não, não como a magia
> de jeito nenhum como a magia
> como a ciência

> haha e o que é a ciência então?

> Ron.

HARRY POTTER

> estou falando sério
> não sei o que é
> tampouco o que é matemática
> fico ouvindo sobre isso
> mas ninguém sabe me explicar o que é

> Matemática é um campo de estudo
> que tem a ver com quantidade, estrutura e espaço

> hermione eu não sei nem como dar gorjeta num restaurante
> não sei nem calcular porcentuais

> Porcentagem

> não sei isso também

> Ah, Ron.

> além disso, o que é cartão de crédito?
> porque eu fico recebendo ofertas deles pelo correio
> eles também são mágicos?

> Não
> Não, querido, cartões de crédito não são mágicos

> porque eu assinei seis ou nove deles
> seis vem antes ou depois de nove?

> Ron você ainda não usou nenhum deles não é?

> tudo que você precisa fazer é entregar o cartão numa loja
> e o atendente o passa por uma maquininha
> e então dá coisas pra você
> é irado

> Ron
> me prometa que você não vai usar seus cartões de crédito de novo

HARRY POTTER

> bem não vou
> mas dei alguns deles pra um nigeriano
> ou dei os números deles pra ele
> no outro dia
> portanto ele pode usá-los, não sei

> você fez o quê?

> ele é um príncipe, Hermione!
> um príncipe de verdade
> bem
> ele era um príncipe
> nesse momento ele está meio encrencado
> mas eu dei um jeito com alguns dos meus cartões de crédito
> assim ele está bem agora

> Ah, meu Deus

> pensei que ficaria orgulhosa de mim ☺

O Pequeno Príncipe

- eu trouxe outra flor pra você
  - Ah obrigado muito obrigado
- é frágil mas também valiosa
  - Isso é bem verdade
- como nossa amizade
  - Sim, é, não é?
- Mas não vai durar muito tempo longe de suas raízes
  Entende o que quero dizer?
  - Entendo
- a flor é uma metáfora
  - Sim
- é uma metáfora
  de mim
  você desenha outra flor pra mim por favor?
  - outra?
- sim por favor
  uma grande dessa vez
  uma flor com o coração de uma princesa
  - o coração de uma princesa

O PEQUENO PRÍNCIPE

> sim mas você não deve desenhar a princesa
> eu devo apenas ser capaz de senti-la no desenho da flor

> o que aconteceu com a última flor que desenhei pra você?

> uma raposa a levou

> uma raposa?

> sim
> uma raposa com uma cartola de madeira
> e um sobretudo feito de cartas passou por aqui
> e perguntou se podia ficar com ela
> disse que curava a artrite dela

> se eu desenhar outra flor pra você
> acha que vai conseguir conservá-la?

> não posso prever do que uma raposa vai precisar

> não certo claro
> bem se eu desenhar outra flor pra você
> vai pelo menos me dizer onde você anda dormindo
> e tomando banho e conseguindo comida?
> porque o meu avião ainda não está nem perto
> de ser consertado e eu estou quase sem água

> agora você está falando novamente como um adulto
> agora quando eu olhar pra minha flor só vou pensar
> em sua cobiça
> sua ânsia por dinheiro
> sua incapacidade de ver a verdadeira beleza

> eu só estou com sede o tempo todo
> você sabe que meu avião foi abatido porque eu estava na guerra
> certo?
> eu estava numa guerra

O PEQUENO PRÍNCIPE

— tenho de ir agora

— por favor
só me diga onde você consegue água

— meu planeta precisa de mim

Este livro foi composto nas tipologias Arial MT Std, ITC Zapf Dingbats Std, Rusticana Borders, e impresso em papel offset 90g/m² na Prol gráfica.